# LA CONVOYEUSE

## POLICE DES MŒURS N° 170

## SÉRIE « POLICE DES MŒURS »
## * titres épuisés

* 1. Jeux de dames à Copenhague
* 2. Ces dames au casse-pipe
* 3. La Chasse aux femmes
* 4. Les Madones de Barcelone
* 5. Les Nymphes de Saint-Germain
* 6. La Demoiselle d'Orléans
* 7. Les Filles de Barbe-Bleue
* 8. Les Sirènes de l'Opéra
* 9. Les Femmes du gourou
* 10. Les Esclaves du dragon
* 11. Le Jardin des délices
* 12. La Foire aux filles
* 13. Les Diablesses de Soho
* 14. L'Étrangleur de ces dames
* 15. Les Anges du commissaire
* 16. Les Biches de Pattaya
* 17.Les Amazones du bois de Boulogne
* 18. La Vénus de Venise
* 19. Les Loups du Rhin
* 20. La Tigresse de Malte
* 21. Les Dames de compagnie
* 22. Le Vampire des Antilles
* 23. La Papesse de Zurich
* 24. La Diabolique de Bruges
* 25. La Tueuse de Hong Kong
* 26. Les Femmes fatales
* 27. Demoiselles de la clé
* 28. La Call-girl des Halles
* 29. Les Filles de l'Organisation
* 30. Les Débauchées de Hollywood
* 31. Les Innocentes pour un massacre
* 32. La Perverse de Vienne
* 33. Les Scandaleuses de Singapour
* 34. Les Innocentes aux mains pleines
* 35. Les Pécheresses des Saintes
* 36. Les Jeunes Perverses
* 37. Le Salon des dames perdues
* 38. Les Pouliches d'Arabie
* 39. L'Experte volage
* 40. L'Allumeuse des jackpots
* 41. Les Filles indignes
* 42. La Dame à la came
* 43. Jeunes proies pour loup-garou
* 44. La Dame de Birmanie

45. Les Sirènes du Vieux-Port

* 46. Les Magiciennes de Rome
* 47. Les Petites Gourmandes
* 48. Les Dames de la nuit
* 49. La Prêtresse aux seins nus
* 50. Les Novices de Kalgaï
* 51. La Rousse de Dublin
* 52. La Vallée des Sataniques
* 53. Les Démones de minuit
* 54. Les Vengeuses
* 55. Les Damnées de Caracas
* 56. La Flic
* 57. Les Exaltées de Colombo
* 58. Les Amazones de Bavière
* 59. La Débutante
* 60. Les Panthères du trottoir
* 61. Les Tueuses
* 62. Les Excitées de Manhattan
* 63. La Stripteaseuse
* 64. La Chienne d'Istanbul
* 65. Profession call-girl
* 66. Les Dingues du Hainaut
* 67. Les Délices de Chinatown
* 68. La Belle de la Mafia
* 69. Les Reines de la nuit
* 70. La Petite Sournoise
* 71. Les Belles Insolentes
* 72. Les Nuits de Los Angeles
* 73. La Vie secrète d'Eva Norge
* 74. Les Chimères du crépuscule
* 75. L'Envers des choses
* 76. Les Traîtresses
* 77. Un si étrange plaisir
* 78. La Femme possédée
* 79. Les Initiés
* 80. L'Insaisissable
* 81. La Femme de l'ombre
* 82. Le Cri de la baleine
* 83. La Vérité sur Isabelle Aprieux
* 84. Medellin blues

* 85. La Passante du crépuscule
* 86. L'Autre Côté de rien
* 87. Enquête réservée
* 88. Aucune femme n'est parfaite
* 89. Enquête sur un canard boiteux
* 90. La Nuit russe
* 91. Un monde à part
* 92. Un homme et des femmes
* 93. Un été seulement
* 94. Un certain soir
* 95. Le Périscope rouge
* 96. Mourir à Paris
* 97. Dame de lune
* 98. Un pourri comme les autres
* 99. La Dernière Partie
* 100. Terreurs d'Asie
* 101. Paradis noir
* 102. Parties mortelles
* 103. Venue de Thailande
* 104. Rue chaude
* 105. Un monde si cruel
* 106. Un si joli piège
* 107. Les Neuf Sueurs
* 108. Poupée de sang
* 109. Une si docile interprète
* 110. Vente au détail
* 111. Le Rapt de Sophie
* 112. Fausse sortie
* 113. Chaleurs corréziennes
* 114. Alerte à la blonde
* 115. Sexe, atome et vidéo
* 116. Le Prix de l'argent
* 117. L'Envers du jeu
* 118. La Fille de Bangkok
* 119. La Mort au bout de la nuit
* 120. Présumé coupable
* 121. Les Guerrières de la Sangha
* 122. La Clandestine
* 123. Le Grain exquis de sa peau
* 124. L'Effaceuse
* 125. La Mort au pair
* 126. Cellule de mort
* 127. Les Yeux de brume
* 128. Une fatale innocence
* 129. Les Doigts de velours
* 130. Les Louves de Vassivière
* 131. Bonnie and Fly
* 132. La Captive de Brocéliande
* 133. La Sirène des calanques
* 134. La Belle et l'Athlète
* 135. Les Vestales de l'Apocalypse
* 136. La Petite Marchande d'amulettes
* 137. Les Geôliers de Dieu
* 138. La Guerre des blondes
* 139. Le Sourire des Madones
* 140. Le Panthéon des Muses
141. La Bombe de Noël
142. La Position du chapeau chinois
143. Les Trois Orphelines
144. La Bouc émissaire
145. Le Sentier des demoiselles
146. Lovita
147. La Croqueuse de chrysanthème
148. L'Auto-stoppeuse
149. Fleur de bitume
150. La sauvageonne
151. La valse des patineuses
152. Contrat pour l'éternité
153. L'Amante religieuse
154. À l'ombre des filles en pleurs
155. Tectonique des plates
156. La croisière s'abuse
157. La fiancée du déluge
158. Chaste aux trésors
159. Le denier du cul
160. La rescapée
161. Mergitur
162. La Fille au père
163. Strip poker
164. La Plombière
165. La Baby-sitter
166. La Langue au chat
167. En mai je fais ce qu'il te plait
168. Sous les poupées la plage
169. Les Vendangeuses
170. La Convoyeuse

PIERRE LUCAS

# LA CONVOYEUSE

## POLICE DES MŒURS

VAUVENARGUES

ISBN : 2-7443-1061-1

« La vie n'a cure de demeurer de bon ton. »
Gilles Farcet – *La Ferveur du quotidien*

## CHAPITRE PREMIER

Lucien Muller, dit Lulu, relisait pour la vingtième fois le panneau portant l'inscription « G.I.C », complétée du pictogramme « handicapé », de la place de stationnement réservée du 26, rue Valéry Larbaud qu'il occupait depuis dix bonnes minutes avec son fourgon blindé.

Les yeux tournés vers la laverie automatique à l'intérieur de laquelle venait de disparaître son « chef de voiture », il tapa sèchement sur son volant avec la paume de sa main et grommela d'un air impatient :

– Qu'est-ce qu'il fout, ce con ? Dis-le moi. C'est le coup du siècle, cette pétasse, ou quoi ?

Assis à l'arrière à proximité du coffre, l'air mi-rigolard, mi-affligé, Jean Merrien dit « Le Bigleu », ou encore « Sartre », en raison d'un strabisme divergent – et parce qu'il affectionnait les œuvres du philosophe – s'éventait avec une brochure cartonnée de la Bred, sa chemise bleue réglementaire aux trois-quarts déboutonnée. Il faisait plus de 40 °C dans l'habitacle blindé.

– J'espère seulement que t'as débranché le GPS, dit-il au chauffeur en essuyant avec son avant-bras la sueur qui lui coulait sur le front.

– Je suis quand même pas con au point d'oublier ça, lui rétorqua Lulu en secouant la tête.

Évidemment qu'il avait eu pour premier geste en se garant de débrancher la balise GPS du fourgon ; c'était la seule façon d'éviter d'être localisé par le central de La Fiduciaire, la société de convoyage de fonds qui les employait. C'était aussi contre toutes les règles de sécurité qu'on leur avait enseignées.

Il grimaça en crispant une main sur son ventre bedonnant.

– Et ces foutues brûlures d'estomac qui me tiraillent le burlingue, par-dessus le marché ! pesta-t-il.

À travers la vitre blindée, il croisa le regard arrogant d'une vendeuse en prêt-à-porter qui en grillait une sur son pas-de-porte. *C'est ça, bombarde, cocotte. Et chope-toi cette saloperie de crabe.* Il secoua la tête et maugréa d'un air affligé :

– J'aurais jamais dû lui dire oui. « Cinq

minutes », mon cul ! Un queutard comme lui, je devrais le connaître depuis le temps ! Mais je lui en donne encore trois, t'entends ? Pas une de plus. Ensuite, je fous le camp.

Le Bigleu eut une moue fataliste, l'air de dire : si je décidais de quoi que ce soit ici, ça se saurait, alors…

Revenant curieusement au sigle qui l'intriguait sur le panneau, Lulu lui demanda :

– « G.I.C », tu sais ce que ça veut dire, toi ?

– Grand invalide civil, répondit Le Bigleu.

– Ah ouais ? Putain, j'en connais un qui va le devenir, s'il ne rapplique pas illico !

– Cinq minutes, montre en main. Ça me désole, mais j'ai pas plus, chérie, alors tu me fais ça comme t'aime, mais… rondement, prévint Francis Markale, le dard à l'air et au garde-à-vous, tandis qu'il se tenait les couilles de la main gauche, en coupe, façon présentoir.

La fille, pas impressionnée du tout, se mit à caresser la crosse du 38 Smith et Wesson qu'il portait à la ceinture et ronronna :

– Qui t'a dit que j'aimais sucer ?

Markale eut un petit mouvement de recul, l'air étonné. Derrière lui, une « super-essorante » Electrolux commençait à faire du barouf en entamant son dernier cycle.

– Alors, c'est quoi ton truc ? demanda-t-il en lorgnant du côté de son 38, qu'il n'aimait pas trop voir tripatouiller, au contraire du reste de sa panoplie.

La blonde fit un pas de côté, étendit le bras pour s'assurer que la porte de l'arrière-salle de la laverie était bien verrouillée et répondit, en s'humectant les lèvres :

– Des trucs, j'en ai des tas, mais ce que j'aime par-dessus tout, c'est voir un mec se faire reluire.

– Quoi, tu veux dire que… tu veux que je m'astique ?

– Pour commencer.

Markale, son crâne chauve trempé de sueur brillant à la lumière d'un spot basse tension, ricana en se pétrissant les rouleaux comme pour en faire monter la sève, les yeux rivés sur les jambes nues de la fille, interminables sous la minijupe portefeuille.

– Bon Dieu, t'es pas banale comme nana, lâcha-t-il en aspirant le filet de bave qui lui coulait déjà à la commissure des lèvres. Écoute, je veux bien me faire malice tout seul aujourd'hui, mais… toi, qu'est-ce que tu fous pendant ce temps-là ? Tu te comptes les poils ?

– C'est une idée, dit la blonde en remontant sur son épaule les poignées du fourre-tout qui ne la quittait pas.

Ses sandales à hauts talons claquant sur le carrelage du réduit, elle passa derrière lui, avant de glisser ses bras autour de son ventre blanc bedonnant genre crapaud-buffle.

– J'aime bien jouer les assistantes, lui susurra-t-elle à l'oreille en remontant sous la chemise bleue vers ses mamelons, qu'elle commença à pincer et à triturer comme de la vieille pâte à modeler.

Markale grimaça de douleur et de plaisir mêlés en s'astiquant avec une régularité métronomique, pantalon et caleçon lui descendant le long des cuisses sous l'effet des trémulations du petit frère, paré pour le « crash test ».

Persuadé qu'elle matait son cul en se caressant, il prêta à peine attention au fait que la fille l'avait lâché et reculait derrière lui.

Il continuait de se l'allonger en ahanant comme un vieux bûcheron asthmatique quand il l'entendit lui dire :

– Alors, tas de merde, tu dégorges ou il faut que je te stimule encore un peu ?

– Qu-quoi ? bredouilla Markale, s'interrompant à peine dans son élan.

– Tu m'as entendu, fils de garce… pourriture.

Le ton était glacial, monocorde, sinistre. Markale, secouant la tête en se disant qu'il avait le don pour tomber sur des frappadingues de première, risqua une mise au point, histoire de finir au moins de s'écrémer tranquille.

– Hé, chérie, dit-il, peut-être bien que ça t'excite de me cracher aux yeux, mais boucle-la deux minutes, tu veux, que je termine !

– Non, toi, boucle-la, sac à merde, bougre d'enfoiré !

Cette fois, il s'arrêta net dans son élan, les couilles agitées d'un dernier mouvement de balancier. Dehors, un coup de klaxon retentit. Lulu et Le Bigleu allaient le lyncher dès qu'il regagnerait le fourgon. Putain ! Et cette pétasse qui l'emmerdait maintenant en dégueulant comme une bouche d'égout.

– T'as un problème ou quoi, merde ! enragea-t-il en se retournant, le cul à l'air. Tu permets que je…

Il s'interrompit net, bouche bée.

– Qu'est-ce que tu dis, j'ai pas entendu ? lui demanda la blonde en braquant sur lui une arme de poing tout droit sortie d'un épisode de Star Trek.

Markale pouffa de rire, l'air crétin.

– Mais qu'est-ce que… ? T'es cinglée ou quoi ? Tu fous quoi avec ce truc ?

– Ce truc est un Taser modèle X26, ducon. Prépare tes couilles…

## CHAPITRE II

– « 312 800 dollars pour le script du *Parrain* annoté par Brando », lut le lieutenant Alexandre Gribovich. Qu'est-ce que vous dites de ça ?

– Que le pauvre Brando doit se retourner dans sa tombe, répondit le chauffeur de taxi, un rouquin au teint crayeux et à la frange de cheveux ondulée façon statue grecque. Une honte, cette vente aux enchères ! Sa tunique noire de Superman, je suis prêt à parier qu'il s'en foutait, mais ses santiags ou sa collection de cannes, là, faut quand même pas déconner !

Gribovitch, qui ne s'attendait pas à une répartie passionnée de la part du chauffeur, arqua un sourcil rieur. Le bonhomme connaissait non seulement l'info, mais de surcroît son Brando sur le bout des ongles.

– Cinéphile, hein ?

– Ouais, le cinoche, j'adore ça, confirma le

rouquin avec un vague accent des « quartiers ».

Il mit son clignotant et engagea la Mercedes classe E dans la circulation encombrée de l'aéroport d'Orly. Il était un peu plus de midi, ce samedi de juin. Météo France annonçait 33 °C à l'ombre pour l'après-midi.

– Z'êtes parisien ? s'enquit le chauffeur en montant la clim.

Gribovitch referma son journal, un « gratuit » récupéré près du carrousel à bagages où son sac de voyage était arrivé bon dernier, et répondit sans conviction :

– Et comme on dit, fier de l'être.

– Z'arrivez d'où, si c'est pas indiscret ?

– Marseille.

– Vacances ?

– Enterrement.

– Oh... je déteste ça.

– J'en connais peu que ça amuse, lui fit remarquer Gribovitch.

En fait d'enterrement, il était allé assister à la crémation d'un ancien copain de lycée au cimetière marseillais de Saint-Pierre. Un fiasco. Du plus mauvais goût avec ça. Le défunt, qui avait lui-même choisi son cercueil en signant deux ans plus tôt une « convention obsèques », s'était vu fourguer par son agence de pompes funèbres une boîte à asticots en chêne plutôt qu'en pin réglementaire, avec poignées en métal et toute la quincaillerie.

– Je vous dis que la combustion ne se fera pas, avait commencé à grincer devant la famille le responsable du crématorium.

Avant d'ajouter, comble du manque de tact :

– Il faudra en plus tamiser les cendres, j'vous dis pas le boulot.

Après une heure de tergiversation, feu Jean Reverdy, philatéliste professionnel mort d'un infarctus chez une prostituée du quartier de la gare Saint-Charles, était tout de même passé au grill-room – thermostat 900 °C pendant une heure et demie – sur fond de musique New Age. En plus des poignées de cercueil Louis XV, le tamis du crématorium avait secrètement rendu deux implants dentaires, un stimulateur cardiaque façon chewing-gum et… deux boules de geisha en titane, que l'opérateur de crémation, étouffant un rire incrédule une fois l'objet identifié, s'était empressé de faire disparaître.

– Quelle rue vous m'avez dit déjà ? reprit le rouquin.

– Rue Saturnin Bernache.

Gribovich essuya une goutte de sueur sur le bout de son nez péninsulaire, avant de tirer machinalement son paquet de Gitanes blondes de sa poche de chemise… *Et merde* ! Il y avait des

« interdit de fumer » collés un peu partout dans le luxueux habitacle. *Avec la clim, de toute façon*, abdiqua-t-il en rangeant son paquet.

Regardant défiler d'un œil morne les panneaux antibruit de l'A-86, il n'avait plus qu'une hâte : arriver à la maison parisienne achetée en copropriété avec sa coéquipière Sophie Leclerc et prendre une bonne douche. Avec l'âge et passé 25 °C., il avait l'hypothalamus qui s'emballait, et qui lui faisait les dessous-de-bras en marinade et les entournures de chemise en test de Rorschach.

Le chauffeur était reparti à lui réciter son Brando, s'attardant sur « cette saloperie de fibrose pulmonaire » qui avait eu la peau de Jules Marlon César, quand le portable de Gribovitch se mit à vibrer dans sa poche poitrine.

– Ça lui faisait les poumons rigides, voyez, il soufflait comme un phoque, alors évidemment le cœur en a pris un coup et…

Gribo s'empara de son portable et leva la main pour réclamer un temps mort.

– Une minute, vous voulez bien ?

– Quoi ? Oh, faites, faites, lui dit le rouquin en profitant du coup d'œil dans son rétro intérieur pour ratisser sa drôle de tignasse crêpelée du bout des doigts.

– Gribo ? Où es-tu ?

C'était Sophie.

– Hollywood.

– Quoi ?

– Rien, rien. Dans un taxi. Mon avion a atterri il y a une demi-heure. Je file rue Bernacheprendre une douche. J'suis lessivé.

– Lessivé, hein ? On peut dire que t'as le sens du mot juste, mon vieil Alex.

– Ah ouais ? Bah, tu m'expliqueras ça plus tard, si tu veux bien. Pour le moment, j'ai juste envie de prendre un bain de lézard et de jouer les moitiés d'aveugle devant la téloche.

– Je me fous de tes envies, Alex. 17, rue Valéry Larbaud, insista Sophie. Répète ça à ton chauffeur, et rapplique illico, tu m'entends ?

– Qu'est-ce qui se passe ?

– J'ai une viande froide sous les yeux, voilà ce qui se passe.

– Je te suggère un rouge rustique, Beaujolais fruité ou Passetoutgrains.

– T'es gentil, mais là… sans-façon, merci. D'autant que le boss nous a pas vraiment envoyés pique-niquer, si tu vois ce que je veux dire.

– Ce que je vois surtout, c'est que ça sent la journée de merde à plein nez, grommela Alex.

– Quand je te disais que t'avais le sens du mot juste.

–…Quoi ?

CHAPITRE III

– Ouais, il paraît que le type s'est fait dessus. La grosse commission, expliquait avec une moue écœurée un jeune OPJ à une journaliste du *Parisien*, comme tout le monde interdite d'accès [cantonnée au] au périmètre délimité par des barrières qui coupaient dans les deux sens la rue Valéry Larbaud.

La sirène d'une ambulance se déclencha, assourdissante, avant de se taire aussitôt. Il faisait un soleil de plomb, mais tout un côté de la rue était dans l'ombre. Il y avait des uniformes partout.

– Ils viennent d'embarquer le corps à l'institut médico-légal, ajouta le jeune flic du coin des lèvres en s'adossant à une barrière. Ça renifle dur encore dans l'arrière-boutique. Mais ça, c'est pas le plus dingue…

– Ah non ? Et c'est quoi le plus dingue ?

salivait la pisseuse d'encre derrière lui, une petite brune à qui le flicard trouvait l'air vraiment vicieux d'une de ses ex.

– Eh ben, pour commencer, on l'a trouvé le cul à…

Mais il s'interrompit pour brailler en direction d'un type au nez en quart de brie qui franchissait les barrières grises :

– Hé ho ! Vous, là !

Gribovitch, l'œil mauvais derrière ses carreaux teintés, lui montra sa carte. Le flicard opina du chef à la façon d'un videur de boîte de nuit laissant entrer le copain du patron, le genre « tout chelou », comme on disait par chez lui, dans le 9-3.

– Ça se passe où ? lui demanda Alex.

– Là-bas, la laverie automatique, répondit leflicard.

Gribovitch regarda dans la direction indiquée et aperçut Sophie à côté d'un fourgon blindé, qui interrogeait deux types en uniforme de convoyeur. Sur leur droite, suant comme un beaudiable en plein soleil devant la laverie, il reconnut Koffi Miango, dit Le Marabout, un lieutenantd'origine ivoirienne appartenant à l'OCRB, la répression du banditisme. La scène avait des airs d'après braquage.

*Qu'est-ce que c'est que ce foutoir ?* se demanda-t-il en secouant la tête.

– Vous disiez, on l'a trouvé le cul à l'air, c'est ça ? reprit la journaliste, bien décidée à cuisiner son bonhomme en uniforme.

– Quoi ? Oh, oui… et pas que le cul ! lui répondit le flicard en regardant s'éloigner Gribovitch. 10 000 volts dans les roustons qu'il s'est pris le gars, paraît-il. Le cœur a fait tilt.

— C'est sûr, ça doit mettre de mauvais poil le matin, commenta la brune.

# CHAPITRE IV

– Ah, Alex, tu tombes bien ! dit Sophie Leclerc.

– Ah oui, tu trouves ? fit distraitement Gribovitch en jetant un regard circulaire dans la rue, avant de lever les yeux vers les fenêtres, qui avaient pris des allures de balcons de théâtre.

Il se pinça les entournures de chemise, les secoua pour s'éventer et demanda :

– Qu'est-ce qu'on a ici ?

– Homicide, répondit Sophie en le regardant faire d'un œil narquois.

Elle désigna la laverie automatique d'un signe de tête.

– Un convoyeur est entré là-dedans et s'est fait…

Mais elle s'interrompit net en regardant Jean Merrien assis à côté d'elle sur le marchepied du fourgon blindé. Le Bigleu se tenait la tête dans les mains. Ses yeux écarquillés qui visaient de travers lui donnaient l'air complètement halluciné.

– Je vous demande une minute, lui dit Sophie. J'ai deux mots à dire à mon collègue. Vous ne bougez pas, d'accord ?

Le Bigleu acquiesça. Elle s'éloigna de quelques pas avec Alex et reprit :

– Ils étaient trois dans le fourgon. Le chauffeur, un dénommé Lucien…

– Attends, je te coupe : dis-moi ce qu'on fout là. Et lui, interrogea Alex en désignant du regard Koffi Miango, de l'OCRB, qui interrogeait devant la laverie une mère de famille à laquelle se cramponnaient deux gamins chamailleurs qui se balançaient des coups de pied derrière son dos. Que la répression du banditisme soit sur le coup, je veux bien. Mais nos zigues ?

– Tout ce que je peux te dire, c'est que Griffon nous a convoqués pour un briefing à 18 heures tapantes. Et aussi qu'il était sacrément à cran.

Gribovitch lui jeta un regard en coin, sourcils arqués. Quelles raisons leur supérieur hiérarchique aux Affaires Spéciales, le capitaine Pierre Griffon, aurait-il d'être plus « à cran » que d'habitude ?

– Hé, ne me zieute pas comme ça, se défendit Sophie. J'en sais pas plus que toi, d'accord ? J'ai juste reçu l'ordre de me pointer ici et de veiller au grain.

– D'accord. Vas-y, accouche…

– Le macchab s'appelle Francis Markale. Il a convaincu ses deux équipiers de stopper le fourgon à l'endroit où tu le vois en ce moment, en pleine tournée. La raison ? Je te la donne en mille : un rancart avec une minette, le genre escaladeuse de braguettes, d'après ce qu'il a raconté à ses équipiers. Le fait est que la braguette, elle la lui a grimpée, mais surtout descendue, futal compris. Avant d'attraper un coup de sang et de lui court-circuiter les roupettes.

– Quoi ?

– T'as bien entendu. Le type s'est pris plusieurs milliers de volts dans les bijoux de famille. La fille s'est servie d'un pistolet électrique Taser. On a retrouvé la cartouche sur place. Normalement, notre bonhomme n'aurait pas dû y rester, du moins pas à cause du Taser, mais d'après son équipier que je viens d'interroger (elle désigna Le Bigleu d'un signe de tête), Markale avait des problèmes cardiaques.

– Légitime défense ?

– Quoi, tu veux dire que la fille aurait voulu sauver sa peau ?

– Peut-être une pute, offusquée par les goûts de Monsieur, conjectura Alex en observant pensivement deux jeunes beurs adossés à une 306 estampillée « Police », à qui deux flicards ordonnaient apparemment de rester sur place.

– M'étonnerait, dit Sophie, et je vais te dire pourquoi : problèmes cardiaques ou pas, c'est par étouffement, d'après les premières constatations, que Markale est mort. On a *cherché* à le tuer. Dixit un des techniciens envoyés par Roger, à qui j'ai parlé il y a quelques minutes, et qui est en train de terminer ses prélèvements dans la laverie.

Roger Dallant, l'expert ès criminalistiques du bureau des Affaires Spéciales, Palme d'Or du rat de laboratoire pantouflard, avait pris l'habitude d'envoyer ses stagiaires effectuer à sa place les relevés d'indice sur les différentes scènes de crime. À lui ensuite de jouer les Sherlock en blouse blanche.

– Je vois, dit Alex. Enfin, façon de parler !

Il tira son paquet de cigarettes de sa poche et alluma sa deuxième Gitane blonde depuis qu'il était descendu du taxi. Puis, soufflant bruyamment un trait de fumée, il demanda :

– Qui a trouvé le corps ?

– Le chauffeur, Lucien Muller. Il en pouvait plus d'attendre. Il a foncé à l'intérieur de la laverie, et… il a trouvé Markale dans l'arrière-boutique. Ou plutôt, comme la porte était verrouillée, il l'a vu étendu raide mort en lorgnant à travers le trou de serrure. Il y a une deuxième porte de service qui donne sur la rue derrière.

– Il a vu la fille ?

– Non, à aucun moment.

– Alors dis-moi une chose : comment sait-on qu'il s'agit à coup sûr d'une gonzesse ? demanda Alex.

– À part le fait qu'on n'a pas de raison d'en douter, on a deux témoins oculaires. Tiens, d'ailleurs, je vais te laisser les interroger, lui dit Sophie en désignant du doigt les deux jeunes beurs lookés « streetwear » adossés à la 306, dont l'un envoyait des coups de pied rageurs dans le vide. J'en termine de mon côté avec Merrien et Muller, les deux autres convoyeurs. Je te retrouve tout à l'heure.

Elle balaya une petite mèche de cheveux en accroche-cœur sur son front, avant d'ajouter en retournant vers le fourgon :

– Oh, Alex… t'avais raison : t'as un besoin urgent d'une bonne douche.

– Je te remercie de t'en soucier. Ça fait chaud au cœur.

– Hé ! Ho ! On se calme, intervint Gribovitch en montrant sa carte aux deux flicards qui ne savaient plus comment retenir les deux jeunes beurs.

– C'est eux, là, y sont foncedés, les lascars, ou quoi ? s'énerva un des deux jeunes. Mon pote et moi on raconte ce qu'on a vu, et v'là que ces bouffons y nous fouillent, c'est quoi c't'histoire ! Maintenant, le zedou de techi, j'sais pas ce qui faisait dans ma poche, moi !

– Le quoi ? grimaça Alex.

– Douze grammes de cannabis, lieutenant, répondit un des flicards, un blondinet à la coupe en brosse et au visage criblé de tâches de rousseur qui tenait à la main l'objet du délit.

– Bon, ça, on s'en fout, tempéra Alex. C'est pas ça qui m'intéresse. Comment tu t'appelles ? demanda-t-il à celui des deux jeunes qui tenait le crachoir.

– Djamel, répondit ce dernier, la lippe boudeuse et le regard biaiseux.

Gribovitch le toisa rapidement. Jean « baggy » extra-large et tee-shirt de basket à col V sérigraphié « M. Dia », crâne rasé et boucle d'oreille de rappeur en argent, une figure emblématique de la jeunesse rap/hip-hop des quartiers à lui tout seul.

– Et ton copain ?

– Moi, c'est DJ Yacine, répondit l'autre d'une voix traînante.

Celui-là, une déclinaison vivante de la marque

US Akademics, cultivait des faux airs de Doc Gynéco, en plus propre sur lui.

– Enchanté, les gars. Moi, c'est Alex, tout court. Bon, maintenant, qui a vu quoi ?

– Bah, on passait dans le coin, c'est tout, expliqua Djamel. À un moment, mon pote, y m'tape sur le bras et y m'dit : tema, tema, la meuf, comment qu'c'est de la balle ! Alors, je tourne la tête et j'la vois : une blonde, trop mortelle ! La jupe, ras la moule et tout. Comment que j'ai trop kiffé en la voyant ! Elle est entrée dans la laverie, et on l'a matée comme des chacals à travers la vitre.

– Et ?

– Bah, t'en avais qui lavaient leurs fringues. Elle, elle a juste posé un cul, et elle est restée là, comme ça, les jambes croisées, genre j'me la pète dans ma minijupe taille 34. Et d'un coup, elle s'est barrée dans le fond. Ensuite, on l'a plus revue. Sérieux, c'est pas des mitos.

– Et le convoyeur, vous l'avez vu entrer ?

– Ouais, dit DJ Yacine. Trop fort, celui-là ! J'ai cru que c'était un condé, sur le coup, avec son uniforme. Le gars, y s'touchait les couilles, même qu'y avait une mère de famille là-dedans et tout. Trop chelou, le gars… Alors comme ça, elle y a niqué sa race, c'est vrai ? Paraît qu'elle avait un *gun* de ouf dans son sac ?

– Tu liras ça dans le journal, lui dit Alex. Bon,

on va vous emmener au poste, tous les deux.

– Quoi ? Putain, j'étais sûr qu'on se ferait niquer ! paniqua Djamel.

– T'es pas mon genre, rassure-toi. On a juste besoin d'un portrait-robot de la fille.

– La tête, j'sais pas, dit Djamel. Mais son cul, sérieux, je vous le dessine les yeux fermés.

## CHAPITRE V

La température, dans les vestiaires du Soto-Bukan Dojo, l'un des clubs d'arts martiaux les plus réputés de la capitale, avoisinait les 43 °C, mais Lisa Guéthary paraissait n'y avoir même pas prêté attention, tandis qu'elle fermait maintenant le cadenas à molettes de son casier après avoir pris une douche, enfilé son kimono et noué impeccablement sa ceinture noire 2e dan.

En pénétrant dans le dojo, elle salua debout le portrait de Soke Shogo Kuniba, le fondateur du Goshin Budo, cet art martial entièrement dédié à la défense personnelle qu'elle pratiquait depuis une dizaine d'années, et rejoignit les autres élèves en attendant l'arrivée du maître, Éric Riegel, 6e dan « seishinkai ».

Lisa l'avait sucé un soir dans les vestiaires. La plus longue turlutte qu'elle avait jamais faite. Quarante-cinq minutes à prendre sa ration de corps d'homme, à rogner l'os du karatéka, qui l'avait énorme, raide comme un nerf de bœuf et joliment nervuré. Car Riegel n'était pas seulement passé maître dans l'art de la projection, des pressions de points douloureux et autres techniques d'immobilisation; il excellait dans le kung-fusexuel et l'orgasme multiple sans éjaculation. À la fin, il s'était relevé, avait collé sa queue sous le robinet d'eau chaude, « pour conserver l'énergie yang », et l'avait remerciée. Pour un peu, ill'aurait saluée comme à l'entrée sur le tatami.

Tandis qu'elle répétait les kata « Hangetsu » et « Kanku dai » correspondant au 2e dan, elle se remémora avec une jubilation hargneuse les dernières minutes de Markale au fond de la laverie automatique, comment elle l'avait regardé baver comme la limace dégueulasse qu'il était, les deux sondes aiguilles du Taser plantées dans les couilles et le système nerveux central HS.

Elle lui avait murmuré à l'oreille les pires indignités, histoire de rendre sa fin plus tourmentée encore, pendant qu'elle l'étouffait lentement de ses propres mains, jusqu'à ce que le gaz carbonique ait raison des dernières molécules d'oxygène dans ses poumons asphyxiés.

Sur le moment, elle en avait éprouvé une sensation de soulagement presque orgastique, qui avait ouvert un gouffre effrayant sous ses pieds. De le laisser là, crever, le cul à l'air dans sa déflaque et les yeux exorbités, lui avait procuré une émotion indicible. Elle n'avait pas ressenti cela avec les trois autres ; juste un sentiment de pouvoir et de contrôle, de devoir de vengeance accompli.

Un : il n'en restait plus qu'un, et justice serait faite. C'est tout ce qui lui importait maintenant. Le salopard et rien d'autre.

Elle en était là de ses pensées tourmentées quand, terminant un dernier mouvement de kata, elle entendit une voix derrière elle commenter :

– Très chouette, la fin du mouvement, ma belle, avec le blocage en attaque.

– Oh, Sabaydi… salut.

La jeune femme qui venait de faire son apparition sur le tatami, vêtue d'un superbe kimono noir, était une jeune Laotienne répondant au doux nom de Sabaydi Vang Pao, une beauté asiatique notoirement lesbienne, notoirement tatouée des épaules jusqu'aux reins d'un dragon bleu ailé du plus bel effet, et qui rêvait de jouer à tire-bouton avec Lisa depuis plusieurs mois sans en faire mystère.

– Qu'est-ce que tu dirais de travailler quelques postures chez moi, ce soir ? risqua-t-elle sans conviction, comme elle s'y essayait pratiquement à chaque fois qu'elles se retrouvaient au dojo.

Lisa eut une moue dubitative, mais cette fois la vision du petit cul bien rond de Sabaydi aperçu maintes fois dans les douches lui revint avec une force particulière, et elle répondit :

– Pourquoi pas ?

La jeune Laotienne en resta comme deux ronds de flan.

– Quoi, tu veux dire que… ?

– Un problème ?

– Quoi ? Oh, non… non, c'est juste que… c'est plutôt inattendu, sourit Sabaydi, la paupière langoureuse et le minou en émoi, déjà.

Lisa s'humecta les lèvres avec la langue et lui sourit à son tour d'un air triomphant en rajustant les pans de son kimono.

– On reprend ce kata ensemble ? proposa-t-elle en feignant la désinvolture.

## CHAPITRE VI

Il y avait beau temps que Karine, la réceptionniste des Affaires Spéciales, rue de Lutèce, avait franchi la ligne jaune au-delà de laquelle la simple faute de goût vestimentaire devenait carrément un outrage public à tous les canons esthétiques de la gente humaine douée d'un minimum de raison, soucieuse par conséquent, pour reprendre une expression imagée très en vogue dans certains milieux suburbains de la capitale, d'éviter de « se faire péter la honte ».

Gribovitch et Sophie notèrent rapidement les escarpins en velours et strass noir, la minijupe en agneau d'un jaune citron à donner la berlue à un Van Gogh – pourtant déjà « tombé » sur ledit agrume –, le tout surmonté d'un tee-shirt moulant violet bizarrement siglé « Fondation Abbé Pierre », sous lequel étouffait une paire de seins surdimensionnés entre lesquels il devait faire bon, imaginait parfois Alex, jouer les Jacques Maillol.

— Le patron vous attend, annonça-t-elle en soufflant sur ses ongles fraîchement vernis tendance « effet palette », de grenadine coquine sur le pouce à bleu paradisiaque sur l'auriculaire.

Elle ajouta, en clignant languissamment des paupières flamant rose :

– Je vous préviens : il n'est pas à prendre avec des pincettes aujourd'hui.

– Moi non plus, dit Alex.

– Et moi, j'ai arrêté le sucre, dit Sophie.

Le capitaine Pierre Griffon s'usait comme à l'accoutumée les incisives sur un capuchon de stylo qui aurait mérité d'être élevé au rang de martyr de la cause policière, quand on frappa à la porte de son bureau.

– Entrez ! crachota-t-il. Ah, Alex, Sophie... asseyez-vous.

Sur un meuble-classeur, un ventilateur hors d'âge remettait en suspension dans l'atmosphère confinée du bureau parisien un invisible maelström d'allergènes, qu'une garde à vue prolongée dans la promiscuité acarienne avait transformé en redoutables prédateurs des muqueuses du poumon policier.

– Qu’est-ce que vous foutiez à Marseille ? toussa Griffon en s’adressant à Gribovitch tout en réduisant d’un cran la vitesse du ventilateur.

– Comment ça, ce que je foutais à Marseille ? Et le Mondial de la pétanque, c’est pour les retraités ?

– Très drôle. Ce qui va l’être moins, c’est le boulot que je vais vous coller à tous les deux.

– Tiens, c’est marrant, il m’a semblé que c’était déjà fait, rétorqua Alex en lissant ses sourcils du pouce et du majeur de sa main gauche, comme on caresse une migraine.

– Les ordres viennent d’en-haut, se justifia Griffon. Et comme j’ai toute la pression sur le râble, je vais logiquement m’en décharger sur vous deux.

– Logique, fit mine d’approuver Gribovitch.

« En haut », cela se passait de précision,c’était Picard-Lesecq, le grand manitou des Affaires Spéciales au ministère.

– En quoi est-ce que la mort de ce convoyeur nous regarde, sincèrement, patron ? voulut savoir Sophie en s’adonnant à son tic favori, entortiller une mèche de cheveux autour de son index façon quenouille.

– Disons que quelqu’un qui est proche des Affaires Spéciales à des intérêts dans La Fiduciaire.

– Quoi, la société de convoyage pour laquelle travaillait Markale ? Vous voulez dire des intérêts financiers ? s'étonna Sophie. Qui ça ?

– Cherchez pas la petite bête, vous allez m'énerver, s'agaça Griffon en mordillant de plus belle dans son capuchon déjà agonisant. Disons seulement qu'à La Fiduciaire, ils n'ont pas besoin en ce moment d'une mauvaise publicité, ça vous va ? C'est donc à nous, et surtout à vous deux, que revient l'insigne privilège de découvrir en faisant le moins de vagues possible qui a électrocuté, ou étouffé, en tout cas trucider, ce pauvre type.

– Vu que les journaleux étaient sur le coup, question discrétion, ça m'a l'air bien compromis, risqua Alex.

– Je me charge autant que possible de les museler ; du moins, de leur balancer quelques fausses pistes.

– J'aimerais bien voir ça, dit Gribovitch en cherchant son paquet de Gitanes blondes dans sa poche.

– M'emmerdez pas, Gribo. J'ai encore quelques appuis chez les canardiers.

– Et le Marabout ?

– Qui ça ?

– Koffi Miango, de l'OCRB. Je vous signale qu'il était sur place avec ses gars. Là, faut m'expliquer.

– Justement, j'ai son rapport ici, dit Griffon en posant la main sur une pile de dossiers en équilibre instable sur son bureau. Mais la Répression du banditisme n'est plus sur le coup. Ils ont été alertés, en fait, dès que le fourgon a débranché sa balise GPS. Mais il n'y a pas eu braquage. C'est tout ce qui les intéresse. N'empêche qu'il y a plusieurs mois déjà, apparemment, qu'ils ont flairé la piste d'une tueuse en série.

– Comment ça, une tueuse de série ? releva Sophie en soufflant sur sa frange.

Griffon exhala un soupir agacé ponctué d'un plissement d'yeux forcé à la Louis de Funès. L'idée de résumer les dossiers sur lesquels il venait déjà de passer l'après-midi en massacrant deux capuchons de Reynolds « médiums » noirs avait l'air au-dessus de ses forces. Il puisa tout de même dans ses maigres réserves de patience, s'empara de trois dossiers mis de côté, sur lesquels était écrit au marqueur noir : « PJ – La Rochelle », « OCPRF[1] – Perpignan » et « FPR[2] », et souffla :

– D'accord. Au mois de mars dernier, un cadavre a été repêché dans le vieux port de La Rochelle. L'état de décomposition avancée du corps a rendu son identification difficile, mais l'IJ a finalement découvert qu'il s'agissait d'un

1 Office Central des Personnes Recherchées ou en Fuite.
2 Fichier des Personnes Recherchées.

dénommé Pierre Clarac, serveur dans un restaurant du centre-ville… attendez voir, ça va me revenir… l'Ostéria quelque chose…

– Essayez Mémorex, dit Gribovitch. Lécithine de soja et ginseng rouge.

– Et moi je vous conseille La Muette, Gribo, en capsule à mâcher ! Bref, c'est pas en gilet noir et nœud pap qu'on a retrouvé le pauvre gars, mais dans son uniforme de convoyeur, ou ce qu'il en restait.

– Son uniforme de convoyeur ? répéta Sophie, en plein brouillard.

– C'est à partir de là que la Répression du banditisme a commencé à ouvrir une enquête, éluda Griffon.

Gribovitch aspira une longue bouffée de tabac blond et demanda :

– Noyade ?

– Coups multiples portés au larynx et à la nuque. Clarac a bu la tasse après avoir bu le bouillon.

Sophie fixa Gribovitch avec la moue dubitative d'un prof de lettres se risquant à la lecture d'un traité de physique quantique.

– En avril dernier, enchaîna Griffon en ouvrant devant lui une deuxième chemise à élastique, à Perpignan, le propriétaire d'un terrain de camping, un certain Tonino Guerra, a été retrouvé assassiné dans sa voiture, une balle de 38 tirée à bout portant en pleine tête. L'enquête n'a encore rien donné, mais l'OCRP a fait remonter le dossier jusqu'à ses services, à cause d'un détail.

– Lequel ? demanda naturellement Gribovitch.

– Pierre Clarac et Tonino Guerra étaient deux anciens convoyeurs de La Fiduciaire.

## CHAPITRE VII

Roger Dallant, s'emparant d'un spray de ninhydrine sur une étagère pour relever des empreintes dans une édition de la Pléiade des *Confessions* de Saint Augustin, dit :

– « Soumettre un ennemi sans combattre est la règle de l'art ».

– Quoi ?

– Sun Tse, mon bon ami. *L'Art de la Guerre*. Le plus ancien traité de stratégie militaire.

– Sun Tsé, c'est pas lui qui a dit : si la mer bouillait, les poissons seraient cuits ?

– T'es vraiment désolant d'ignorance, mon vieil Alex.

L'expert en criminalistique se tourna vers Sophie et souffla d'un ton navré :

– Ma pauvre fille, je te l'ai dit et je te le répète : t'as vraiment pas tiré le bon numéro.

– Je l'ai eu tout équipier, dit Sophie.

– Ça, c'est drôle… Bref, reprit Roger Dallant en vaporisant la solution de ninhydrine sur une page du bouquin annotée en marge basse, tout cela pour dire que le pistolet Taser est une étape dans la voie… sunsetéenne. Une cartouche d'azote comprimé, deux aiguilles délivrant jusqu'à 50 000 volts et bam ! l'ennemi s'écroule jusqu'à huit mètres de distance, le cerveau court-circuité.

– Le mode opératoire, on le connaît. Ce qui nous intéresse, c'est de savoir ce que tes maniaques du microscope ont prélevé sur la scène du crime, dans la laverie.

– Au risque de te décevoir, mon vieux, pas grand-chose. Ou plutôt, rien de très parlant en soi. Mais sur un plan comparatif, là, c'est autre chose…

– Qu'est-ce que tu veux dire ?

– Que je me suis fait communiquer les conclusions des rapports d'Ecully[1] concernant les affaires Clarac et Guerra, vos deux convoyeurs trucidés. Et là, le portrait-robot de votre tueuse se précise nettement, car il ne fait aucun doute qu'il s'agit non seulement d'une femme, mais – je vous passe les conclusions des différents recoupements ADN – que c'est la même femme qui a commis ces trois crimes.

1. Le siège de la PTS (Police Technique et Scientifique) se trouve à Ecully, dans le Rhône.

Il souffla doucement sur la page qu'il examinait et demanda :

– Je vous la fais à la sauce américaine, « profilage », « lien victimologique » et tout le reste ?

– En version courte alors, dit Gribovitch.

– Et française, rénchérit Sophie.

– Alex parlait de mode opératoire, reprit le criminologue. C'est un des points intéressants ici. Apparemment, celui de notre tueuse est pour le moins… erratique.

– Qu'est-ce que tu entends par là ? demanda Alex.

– Polytraumatisme facial, exécution par balle à bout portant, électrocution suivie d'étouffement… il n'y aucune constante tendant à indiquer une déviance sexuelle, par exemple. Il n'y a aucune utilisation ritualiste ou fétichiste d'aucune sorte. Et s'il y a préméditation, ce sont surtout les circonstances qui semblent guider notre tueuse. Il y a en revanche à chaque fois une volonté d'humilier la victime, mais encore une fois sans gratification sexuelle.

Roger Dallant se redressa, une main appuyée sur le plan de travail de son laboratoire, avant d'ajouter :

– Et surtout une grande violence dans le passage à l'acte.

– Non, sans blague ! fit Alex. Et tu en déduis ?

– Qu'elle agit par vengeance. Ce qui veut dire que ce qu'il faut creuser ici, c'est le fameux « lien victimologique ».

– Tu veux dire les liens extérieurs qui se rapportent à l'existence de ces trois types ? demanda Sophie.

– Exactement. À mon sens, tout est là.

Il regarda l'énorme pile de dossiers sur sa gauche et ajouta, en posant la main dessus :

– Et là.

Gribovitch, choisissant l'option délestage, dit :

– Sophie a toujours été une accroc de la lecture. Et puis, ma dyslexie a empiré.

– C'est pas ça qui a empiré chez toi, Gribo, lui renvoya Sophie.

– Ah non ?

– Je vous ai quelque peu prémâché le boulot dans un court rapport, continua Dallant, mais le tout est toujours aussi indigeste. Un détail important : les trois victimes avaient un casier judiciaire vierge. Net comme un denier.

– Pas étonnant au moins pour Markale, puisqu'il était toujours dans la profession, commenta Sophie.

– La seule question à se poser maintenant, c'est : qui sera le prochain sur la liste ? Parce que tout indique que notre tueuse n'en a pas terminé avec La Fiduciaire.

Gribovitch, lui, avait une autre question, et elle s'adressait à Sophie :

– Qu'est-ce qui a empiré chez moi ?

# CHAPITRE VIII

Son lecteur DVD portable relié à un adaptateur 12 volts et posé sur le volant du fourgon, Hervé Kéravel fixait d'un air égaré les déhanchements de Paola, quarante-cinq ans, technicienne de surface à Trappes, férue d'introduction de légumes dans une énième version « hard crad » du filon amateurs intitulé *Débutantes cochonnes – volume 4*.

Il était un peu plus de midi dans la cour intérieure du siège parisien de la banque privée suisse Nieman & Christen, où était garé le fourgon de la Fiduciaire pendant la pause déjeuner, en attendant de charger vers la Banque de France une demi-tonne de pièces de monnaie conditionnées en sacs de 22 kg. Les cris de jouissance de Paola emplissaient l'habitacle blindé, tandis que la bonne dame se pilonnait la vulve avec une courgette bio dans sa cuisine, un bouquin de recettes ouvert à côté d'elle sur le plan de travail à une page intitulée: « Quels légumes avec la dinde? ».

La mâchoire crispée, Kéravel bandait comme un carme et en oubliait de mordre dans son sandwich au thon. Il avait toujours rêvé de jouer les jardiniers lubriques avec une excitée du fisting, et il se serait bien mis à genoux sans tablier devant la bonne Paola, qui dégorgeait plus de sève qu'un érable au printemps. Il en était là de ses pensées quand on frappa à la porte latérale du fourgon:

– Quoi?... Oh, fais chier! grommela Kéravel en tournant la tête pour ouvrir à ses deux équipiers qui revenaient de déjeuner.

– Bordel, t'es encore en train de mater un porno, c'est pas vrai! se lamenta Louis Hainard en montant dans le fourgon pour aller prendre sa place de « garde » à l'arrière. Heureusement, vendredi, je serai rangé des voitures, comme on dit. À la retraite, et pas mécontent de pouvoir oublier ta bobine d'obsédé.

– Oh, le vieux, tu me les brises, lui rétorqua Kéravel en fixant son mini-écran. Fais pas chier, d'accord? Ton problème, c'est que tu bandes plus. Du coup, t'as la cervelle aussi ramollie que ta queue.

– Ho! Ho! On se calme, intervint le chef de bord, Jean-Louis Marsan, en s'asseyant à la droite de Kéravel.

La quarantaine bien sonnée, maigre comme une baguette de tambour, Marsan était un paquet de nerfs avec un visage d'enfant de chœur. Il avait rêvé d'être tailleur de pierre auprès des Compagnons ; il était devenu convoyeur de fonds et émargeait, après douze ans d'ancienneté, à 1 110 euros net par mois, tout cela pour bosser la peur au ventre et risquer de se faire trouer la peau en traversant un centre commercial sur cent ou cent cinquante mètres – ce qu'ils appelaient joliment, au sommet de la hiérarchie, une « phase piétonnière ».

– Y en a marre de vos conneries. Mais le vieux a raison, reprit-il en s'adressant à Kéravel. Tu nous les casses avec tes pornos. J'en ai ras le bol d'entendre parler de bites et de couilles à longueur de journée.

– Tu disais pas ça l'autre jour quand tu t'es tapé le Dorcel avec Laure Sinclair, se défendit Kéravel en coupant le DVD, un dernier gémissement de plaisir résonnant dans l'habitacle.

– Ouais, bah, l'autre jour, c'était l'autre jour. Et je te rappelle que lundi, c'est pas un remplaçant qu'ils nous collent, mais une *remplaçante*. Une convoyeuse, bordel ! Tu vois le tableau ?

– Ouais, je sens que ça va être bon, rigola Kéravel. On a une chance de cocu.

– Cocu, tu risques pas ! lui balança Louis Hainard. À vivre comme un seulâtre, un marche-tout-seul, je connais pas une nana qui voudrait de toi.

– Oh, ta gueule, le vieux, dit méchamment Kéravel.

– N'empêche qu'une gonzesse dans le boulot, avec un gars comme toi, ça veut dire des emmerdes, raisonna Marsan, fataliste. Ce qui vient d'arriver à Francis dans cette laverie, ça te suffit pas ?

– Francis, c'était un con. Et quand t'es con, tu le restes. Tu crèves aussi comme un con d'ailleurs.

– Bordel, comment tu peux parler comme ça d'un gars avec qui t'as fait équipe pendant cinq ans ? fit Marsan avec une moue écœurée.

– Justement, c'est ce qui me donne le droit de l'ouvrir.

– Il est mort, bordel !

– Et alors ? On meurt tous, c'est qu'une question de temps.

– T'en as d'autres comme ça ?

– Ouais. La nuit, toutes les chattes sont au lit.

– Oh, t'es vraiment trop con ! soupira Jean-Louis Marsan.

# CHAPITRE IX

Sabaydi sélectionna l'option « pluie tropicale » sur le boîtier de commande de la cabine de douche hydro-hammam installée dans la salle de bains de son deux-pièces parisien, et se tourna vers Lisa, nue comme elle derrière les parois de verre embuées. Deux hauts parleurs intégrés dans le faux plafond de la luxueuse pièce d'eau diffusaient l'hypnotique *Dancin'* de Chris Isaak.

Lisa se souvint dans un éclair de sa première aventure lesbienne lors d'un séjour ados option « plongée trekking » en République Dominicaine. Elle avait seize ans, et l'une des monos du camp, unc brunc pulpeuse à la pilosité développée et aux yeux bleu azur, lui avait secoué le grain de café une nuit durant dans l'obscurité de sa tente en variant les caresses avec la dextérité d'une opératrice de machine à écrire en braille.

– Viens plus près, lui dit Sabaydi, ses yeux

bridés de native de l'ancien royaume du « million d'éléphants » mi-clos de désir sous le jet apaisant de la douche.

Lisa ne se fit pas prier. Elle glissa une main derrière la nuque de la Laotienne et l'autre entre ses jambes façon pattes d'araignée. Un gémissement répondit aussitôt à ses chouteries, et elle enfouit deux doigts joliment bagués au creux de la vulve de l'Asiatique, qui s'ouvrit comme une fleur en jouant les danseuses classiques sur la demi-pointe des pieds, qu'elle avait mignons tout plein.

Dans la cabine maintenant, un diffuseur d'essence de parfum exhalait une tonifiante senteur d'eucalyptus. Une main appuyée sur ses épaules, Sabaydi lui triturait un mamelon de l'autre, tout en lui faisant une langue fourrée frénétique. Lisa n'eut pas à poursuivre longtemps son mouvement de piston fouailleur pour pousser l'Asiatique dans ses derniers retranchements. À peine eut-elle le temps d'ajouter un troisième doigt que la jeune Laotienne poussa un cri déchirant, fracassé en sanglots, tandis qu'un Niagara de cyprine lui dégoulinait entre les cuisses.

– Bon Dieu, j'en avais envie, confessa Sabaydi en lui léchant les doigts, les jambes encore tremblantes.

Puis elle coupa le jet de la douche, s'accroupit

devant Lisa et ajouta :

– Je vais m'occuper de toi maintenant...

Lisa composa le code d'entrée de la porte cochère du 18, rue Edmond Jaloux, récupéra son courrier à l'extérieur de la loge, monta le vieil escalier en colimaçon jusqu'au cinquième étage et déverrouilla l'unique porte du palier, qui ouvrait sur un trois-pièces en attique décoré en loft. Il était un peu plus de minuit à l'horloge électronique posée sur la console de l'entrée.

Elle se dévêtit complètement et, sans allumer, s'allongea sur le canapé en alcantara orangé signé du designer Cyrille Vallet qui occupait le centre du séjour à côté d'une cheminée suspendue en acier. Elle avait oublié de brancher la clim en partant. Les combles de l'immeuble restituant lentement la chaleur accumulée durant la journée, il faisait au moins 35 °C dans l'appartement.

Elle avait joui ce soir comme jamais peut-être auparavant. Sabaydi avait déployé avec elle toute l'étendue de ce talent de baiseuse qu'elle s'était évertuée à lui vendre tous ces derniers mois au dojo.

Mais déjà son esprit était ailleurs...

Elle devinait dans l'obscurité du loft l'uniforme bleu plié sur le fauteuil, cet uniforme honni qu'elle allait pourtant revêtir pour qu'enfin vengeance soit faite, ou plutôt l'ultime châtiment accompli. Peut-être qu'un miracle se produirait alors, qui sortirait sa sœur de sa torpeur cataleptique, du néant dans lequel elle s'abîmait un peu plus chaque jour depuis sept ans, un miracle qui briserait la malédiction par le sang.

Comme pour ajouter les ténèbres à l'obscurité, elle couvrit son visage avec ses mains et l'y enfouit. Le sommeil devenait difficile à trouver ; tant de visages grimaçants hantaient maintenant ses nuits. Clarac, Guerra, Houdaer, Markale… ces quatre noms exécrés, vomis durant tant d'années ; quatre noms désincarnés maintenant, au sens propre, réduits à des gravures dans du marbre mortuaire. Tu es né pourriture, tu retourneras à la pourriture…

D'un geste lent, elle s'empara de la télécommande de sa luxueuse stéréo B & O, sélectionna l'adagietto de la *Cinquième Symphonie* de Mahler à jamais associée dans son esprit au sang et à la mort dans le film d'Oliver Stone, *Platoon*, et ferma les yeux pour quelques minutes d'éternité immobile.

# CHAPITRE X

– « Des appuis chez les canardiers » : c'est comme ça qu'il a dit ? Tu parles ! souffla Gribovitch à Sophie Leclerc en beurrant une biscotte sur la table de la cuisine commune de leur copropriété de la rue Saturnin-Bernache.

« Il », c'était bien sûr Pierre Griffon, qui s'était targué de pouvoir museler une certaine presse.

– Fais-moi voir ça, dit Sophie en prenant place en face de lui pour le petit-déjeuner.

À la Une du quotidien posé sur la table, sous la rubrique « Faits divers », on pouvait lire : *Un convoyeur de fonds tué d'une décharge de pistolet Taser*.

– Fallait s'y attendre, commenta Sophie. Et, si tu veux mon avis, d'ici à ce qu'un journaleux remonte la piste de La Rochelle et Perpignan, il n'y a pas loin. Il lui suffit d'un bon contact à la Répression du banditisme.

Elle se versa un bol de café brûlant en même temps qu'un rayon de soleil illuminait la nappe à carreaux rouges et blancs. Puis, mettant la main sur le pot de confiture, elle le trouva anormalement léger :

– Quoi, ne me dis pas que tu as vidé le pot de mirabelle ? De la Claire de Lorraine, Gribo, tu sais que j'adore ça, bon sang !

– Il reste un peu de rhubarbe, grimaça Gribovitch.

Sophie secoua la tête d'un air atterré, avant de se forcer à demander :

– Bon, quel est le programme aujourd'hui ?

– On fait comme ce bon vieil Onan, on fait bande à part. Je commence à interroger le personnel de La Fiduciaire, pendant que tu visites l'appartement de Francis Markale. Karine m'a laissé un message sur mon portable pour me dire que Griffon a envoyé un OPJ y faire le pied de grue. On a aussi mis la porte sous scellés hier soir ; tu seras la première à y fourrer le nez. Essaie de trouver le lien avec Clarac et Guerra, les deux premiers convoyeurs retrouvés morts.

Sophie s'empara de la boîte d'Heudebert et y plongea la main :

– Quoi, il n'y a plus de biscottes non plus ?

## CHAPITRE XI

Nichée au flanc d'une falaise de la Côte d'Albâtre, Sainte-Marguerite-sur-Mer n'était que calme et douceur de vivre en cet après-midi ensoleillé de juin. À peine quelques pêcheurs à pied sur ses grèves de galets, ou quelques randonneurs dans ses sentiers sylvestres, troublaient-ils la sérénité, presque l'engourdissement des lieux.

Serein, le pas du cheval de trait qui tirait la carriole le long de la sente forestière de la vallée de la Sâane l'était aussi. Deux couples de touristes anglais se laissaient bringuebaler au gré des accidents du chemin rocailleux, tandis que le propriétaire du Gîte de la Sauvagine qui les hébergeait pour la semaine, un grand échalas barbu aux longs cheveux gras, tenait les rênes d'une molle main.

Comme ils traversaient un bosquet de hêtres,

l'une des Anglaises s'écria en se bouchant le nez :

– *Yuck ! It stinks in here* ! [1]

Les autres l'imitèrent aussitôt, se bouchant les narines en grimaçant avec moult hochements de tête, à l'exception du propriétaire du gîte, qui n'en était manifestement pas à son premier reniflement de charogne. Ce n'était pas que les cadavres d'animaux dépecés parsemaient la campagne du Pays de Caux, mais il n'était pas rare par ici qu'une chèvre ou une vache en viande froide parfume le giron de Dame Nature.

Une nuée de mouches bourdonnantes indiqua au barbu où se trouvait la charogne en question. Et de question, il y en avait bien une que tous se posèrent à peine repéré ledit cadavre, dont les membres inférieurs dépassaient d'un buisson touffu d'épines noires, et cette question c'était : quel animal campagnard porte, pour gambader, des chaussures de sécurité à lacets antidérapantes ?

1. Pouah ! ça empeste ici !

## CHAPITRE XII

Gribovitch garait la Mégane devant la tour HLM de l'avenue de Choisy où se trouvaitl'appartement de Francis Markale quand son portable se mit à sonner. Sophie, qui s'apprêtait à descendre, attendit qu'il prenne l'appel. C'était Griffon.

– Alex, on a un nouveau cadavre, annonça d'emblée le capitaine.

– Merde ! Où ça ?

– En Normandie.

– Quoi ?

– Des touristes anglais sont tombés par hasard hier sur un corps en décomposition dans un bosquet, près de Sainte-Marguerite-sur-Mer. L'IJ vient de l'identifier. Il s'agit d'un certain Jean-Christophe Houdaer, un marginal qui vivait seul dans une ferme du coin. Sa mort remonterait à plus d'un mois.

– Ne me dites pas qu'il était lui aussi dans le convoyage de fonds ?

– Si ce n'était que ça ! souffla Griffon d'un ton accablé. C'est un ancien de La Fiduciaire. Il en avait démissionné il y a six ans. Pourtant, on l'a retrouvé lui aussi habillé de son uniforme bleu.

– Qu'est-ce que c'est que ces conneries ? Quelqu'un a décidé de zigouiller toute la boîte, ou quoi ? Pourquoi trois anciens ? Pourquoi Markale ?

– C'est ce que je veux que vous découvriez, et vite ! Le PDG de La Fiduciaire vous attend à onze heures. Il a convoqué une réunion au siège avec tout le personnel de la section convoyage. La société compte aussi une vingtaine d'agents de sécurité aéroportuaires sur Orly et Roissy, mais on dirait qu'ils ne sont pas concernés pour l'instant.

Gribovitch fixa Sophie d'un air préoccupé pendant qu'il demandait :

– Qui est courant qu'il y a déjà eu quatre crimes ?

– D'après le directeur, personne. Lui-même n'en savait rien jusqu'à il y a peu. Les convoyeurs ont apparemment gardé peu de liens avec les anciens de la maison. Tous savent pour Markale et l'affaire de la laverie, mais c'est tout. Je crois qu'il est plus que temps d'informer tout ce petit monde de ce qui se passe.

– C'est peut-être justement ça qui va nous permettre d'avancer, raisonna Gribovitch. Un genre de coup de pied dans la fourmilière. Mais ça risque d'être Parano City à La Fiduciaire.

– Tenez-moi informé dès que vous avez du nouveau, dit Griffon, avant de mettre fin à la conversation.

Gribovitch referma son portable et tira son paquet de Gitanes blondes de sa poche de chemise.

– Si je comprends bien, on a un nouveau cadavre, dit Sophie en remontant la vitre de sa portière.

– Une tueuse qui trucide quatre convoyeurs d'une même boîte... Roger a raison au moins sur un point: ça ne peut être qu'une vengeance. La question, c'est: qu'est-ce que ces gars-là lui ont fait?

– Et combien sont visés, au juste, renchérit Sophie. Ce qui m'étonne, c'est que tous avaient apparemment un casier vierge.

– C'est qu'il faut chercher ailleurs, raisonna Gribovitch en soufflant un trait de fumée. Interroger l'entourage proche.

Sophie ouvrit la portière de son côté.

– Concentrons-nous pour l'instant sur Markale, dit-elle.

– J'ai rendez-vous à la Fiduciaire dans une heure, dit Gribovitch. Retrouve-moi à midi et demi pour déjeuner au *Cornet à dés*. On fera le point.

– Le petit restaurant place Saint-Augustin ? Il y a une éternité qu'on n'a pas mang… Oh, j'y suis ! La tarte à la mirabelle, c'est ça ? se réjouit-elle soudain.

– C'est leur spécialité.

– Mais tu sais que c'est gentil tout plein, ça !

– Allez, déguerpis ! T'as du boulot, et moi aussi.

## CHAPITRE XIII

Armand de Lassalière, le PDG de la Fiduciaire, grimpa maladroitement sur le marchepied d'un fourgon, s'épongea le front avec un Kleenex et, l'air embarrassé, déclara :

– Messieurs, je vous présente le lieutenant Granovitch.

– Gribovitch, corrigea Alex en regardant l'assistance, une quarantaine de convoyeurs dont les uniformes défraîchis déclinaient un camaïeu de bleu un poil tristounet au milieu des murs vert bouteille et jaune du parking en sous-sol.

Le PDG, un clone de l'inspecteur Pujol, le petit rusé moustachu des *Brigades du Tigre* version TF1, continua :

– Le lieutenant souhaite s'entretenir brièvement avec chacun d'entre vous cet après-midi concernant un certain nombre d'événements, en particulier la mort – dans les circonstances que vous connaissez – de votre collègue, Francis Markale.

Gribovitch, debout à côté du fourgon, sentit la main du PDG, qui le dépassait d'une cinquantaine de centimètres, se poser familièrement sur son épaule. Il tourna la tête, ressentant une vilaine envie de lui faire une belle brûlure de Gitane blonde pour qu'il retire sa sale petite patte, mais il prit sur lui et s'efforça de faire bonne contenance devant les convoyeurs, souriant d'un air crispé.

– Mais je laisse le lieutenant Grinovitch vous expliquer cela, lui-même, ajouta Armand de Lassalière.

Gribovitch en profita pour avancer d'un pas et échapper au grappin de ce dernier, qui eut mieux fait, songea-t-il, de s'appeler Armand de la Pastille, chevalier de la rosette.

– Vous avez tous lu la presse, j'imagine,commença Alex. Vous êtes donc au courant des détails de l'affaire Markale. Du moins d'une partie d'entre eux. Ce que vous ne savez probablement pas encore, et c'est la raison de ma présence ici aujourd'hui, c'est que trois autres anciens convoyeurs de La Fiduciaire ont également été retrouvés morts au cours des derniers mois.

Dans l'assistance, ce fut aussitôt l'agitation, les

uns interrogeant les autres du regard, s'exclamant : « Quoi ? », « Comment ça, trois autres morts ? » « Des anciens, qu'il a dit ? », comme si une bourrasque de vent glacé avait brusquement soufflé à l'intérieur du parking.

– Allons, du calme, s'il vous plaît ! réclama « Pujol » à la façon d'un instituteur dans une classe chahuteuse.

– Nous ne savons pas encore avec certitude s'il y a un lien entre ces différentes affaires, mentit Gribovitch, mais c'est ce que nous cherchons à découvrir.

– Un lien ? Tu parles qu'il y en a un ! s'énerva Lucien Muller, le chauffeur qui faisait équipe avec Markale.

– Et comment qu'il y en a un ! renchérit Le Bigleu, debout à côté de lui. Qu'est-ce que vous croyez ? Que c'est un hasard ?

– Je n'ai pas dit ça, précisa Alex. Pour l'instant, j'ai besoin de vous entendre les uns et les autres cet après-midi, en fonction de vos tournées.

– Y en a marre de ces conneries, intervint un syndiqué de FO Transports. Je vous conseille la transparence, les gars, menaça-t-il sans se démonter en fixant Armand « Pujol » de Lassalière. Si jamais il y a anguille sous roche, je vous garantis une grève béton.

– On est tous des cadavres en puissance, c'est

ça ? dramatisa un petit rouquin à l'air paniqué, le visage couvert d'une diarrhée de taches de rousseur.

– Comme je viens de vous le dire, nous n'avons pour le moment aucune certitude, juste un tas de questions sans réponse, tempéra Alex. C'est pourquoi nous comptons sur votre coopération. Je verrai la plupart d'entre vous cet après-midi.

Dans le fond, un convoyeur était plus agité que les autres. Grommelant un « Chierie ! », il serra les poings pour empêcher ses mains de trembler, tête penchée en avant et tournée à la façon d'un lanceur de base-ball, le regard halluciné perdu dans le vide.

– Qu'est-ce que t'as ? lui demanda Jean-Louis Marsan, son chef de bord.

– Qu-quoi ? Rien, fais pas chier, répondit Hervé Kéravel.

– Sympa, merci. Je te rappelle que la nouvelle tourne avec nous aujourd'hui, alors fais un effort pour être un peu moins con, tu veux ?

Du coin de l'œil, Lisa Guéthary, « la nouvelle » – alias Valérie Baldi, pour l'heure – observait Kéravel en faisant mine d'attacher la grosse natte blonde qui lui tombait sur la nuque. Puis elle regarda Gribovitch qui s'éloignait déjà, tout vérifiant, impassible, que son uniforme de convoyeuse était correctement boutonné.

## CHAPITRE XIV

– Je ne sais pas, dit Gribovitch. Mata Hari ?

– N'importe quoi.

– Non, non, attends... Jackie Brown, dans le film de Tarantino.

– Non, ça ne compte pas, c'est un personnage de fiction, dit Sophie en refermant la carte du menu. Je te parle d'une femme qui a réellement existé.

– Ça va, je renonce. Alors ?

– Martha Jane Cannary Hickok, alias Calamity Jane, annonça triomphalement Sophie.

– Quoi ?

– Absolument. La première convoyeuse de fonds, du moins la seule qui soit restée célèbre. Une sacrée bonne femme. Elle a été aussi éclaireuse de l'armée, chercheuse d'or, joueuse de poker, conductrice de diligence.

– T'es sûre que c'était bien une femme ?

– Alors ça, c'est typique, Gribo… Bref, passons. Tout ça pour te dire que ta nana, je lui tire mon chapeau. Drôle de vocation, si c'en est une. Parce que, dans le genre j'ai le bazar qu'est plus lourd que mon cerveau, bonjour le milieu du convoyage ! T'as pris des renseignements sur elle, j'imagine ?

– Évidemment, mais elle est clean. Et puis, c'est pas vraiment le genre à étouffer un type à mains nues, ou à lui passer la gégène version Taser, si tu vois ce que je veux dire.

– Ah non ? releva Sophie, l'air sceptique. Qu'est-ce que tu sais d'elle, au juste ?

– De Lassalière m'a fait établir un topo sur tous ses employés. Elle s'appelle Valérie Baldi. Vingt-deux ans, bac ES, je crois, ou un truc comme ça. Originaire de Charente-Maritime. Le père est notaire, la mère… je ne sais plus, c'est sur sa fiche. Elle vit seule à Paris depuis un an, dans un appartement probablement payé par papa. Casier vierge. Aucun lien apparent avec les victimes.

– Mouais… ça sent pas la tueuse en série, reconnut Sophie. Et puis, je vois mal notre flingueuse tortionnaire se jeter dans la gueule du loup en ce moment. Et les autres ?

– Il y en a une flopée. Je démarre les interrogatoires tout à l'heure. On verra.

La serveuse du *Cornet à dés*, une brune pulpeuse qui portait des nylons noirs à couture ravageurs, s'approcha pour prendre leur commande. Gribovitch opta pour la côte de bœuf « XXL » au sel de Guérande, Sophie pour la salade « épicurienne » – gésiers, foie gras et magret. Le tout accompagné d'un Brouilly Château Thivin.

– Bon, parle-moi maintenant de ta visite chez Markale, reprit Gribovitch en grignotant un morceau de pain complet.

– Un vrai foutoir, son appart, j'ai rarement vu un truc pareil. Il y a des mois qu'il ne devait plus faire le ménage là-dedans. Je ne savais par où commencer. Je savais juste où j'avais pas envie de mettre les pieds : la cuisine et la salle de bains, par exemple. Quant à la chambre, c'est pas beaucoup mieux. Elle dégueule de fringues puantes, et à force d'étrangler le borgne là-dedans, la housse de couette, c'est du Jackson Pollock.

– Je te l'ai toujours dit : t'aurais dû être critique d'art, fit Alex.

– Ouais, ben, en attendant, je me suis tapé les albums photos et tout ce qui traînait comme paperasse, mais sans rien trouver d'utile. Finalement, jusqu'à ce que nous sachions *quoi* chercher, la piste la plus intéressante pour le moment reste le relevé d'appels de son portable fourni par son opérateur, en particulier un appel sans message passé depuis le fixe d'un club de karaté parisien.

– Tu crois que notre tueuse donne dans les arts martiaux ?

– C'est une possibilité. Le noyé de La Rochelle, Clarac, portait bien des traces de coups au larynx et à la nuque, non ?

– Rien ne dit qu'il s'agit de coups portés à la main.

– On n'a pas la preuve du contraire non plus, fit valoir Sophie.

La serveuse apporta le Brouilly et le fit goûter à Alex, qui approuva avec bonheur.

– Tu veux que je t'aide à interroger les convoyeurs ? lui proposa Sophie en goûtant à son tour au célèbre cru du Beaujolais.

– Je préférerais que tu ailles cuisiner Le Marabout.

– Koffi Miango, de l'OCRB ?

– Ouais. Vois s'il n'y a pas un truc qu'il nous cache. Je connais ce gars-là. Il doit l'avoir mauvaise d'avoir été mis sur la touche.

Il prit une nouvelle gorgée de Brouilly, qu'il garda longuement en bouche avant de l'avaler.

– Oh, à propos, je viens d'apprendre par hasard pourquoi on nous a parachutés sur cette affaire, reprit-il. D'après Lassalière, le neveu de notre cher patron, Picard-Lesecq, a des billes dans La Fiduciaire. C'est même un des principaux actionnaires de la boîte. Tonton veille au grain.

– Ça s'appelle du népotisme, dit Sophie. Et puis, tu connais le dicton : charité bien ordonnée commence par soi-même.

# CHAPITRE XV

– Vous la montez au quatrième pour une ECT, annonça le médecin en examinant un protocole de soin sur sa planchette à pinces. J'ai noté ici qu'elle a bradycardisé et été prise de nausée la dernière fois. Signalez-le tout de même à l'anesthésiste en arrivant.

– Bien, docteur, dit Guy Fournel, une espèce de Demis Roussos en blouse blanche, les man-ches remontées sur ses avant-bras velus et le torse nu noir de poils sous la blouse déboutonnée jusqu'au sternum.

– Oh, et… euh… reboutonnez-vous un peu, mon vieux, d'accord ? fit le médecin. Faudrait voir à pas sombrer dans l'incurie, hein ?

– Dans quoi ?

– L'incurie, le… le négligé, traduisit le médecin d'un ton agacé.

Il était un peu plus de onze heures. Le secteur

19 du service de santé mentale et de thérapeutique de l'hôpital Sainte Anne commençait juste à s'animer.

L'infirmier poussa la chaise roulante vers les ascenseurs. Une jeune femme en chemise de nuit de coton blanc y était prostrée, assise légèrement de côté, les jambes serrées, les pieds nus recroquevillés. Sa fiche d'identité indiquait qu'elle s'appelait Clara Guéthary, qu'elle était âgée de vingt-six ans et souffrait depuis sept ans de ce que les uns appelaient un état de catatonie schizophréniforme, d'autres un coma non traumatique, et d'autres encore, plus près sans doute de la réalité apparente, un « état végétatif persistant ».

– Alors, ma petite Clara, lui murmura « Demis Roussos » à l'oreille en la poussant dans l'ascenseur de service, on s'est ennuyée de moi ? Trois semaines de vacances, j'ai dû te manquer, j'en suis sûr.

Le regard perdu dans le vide, Clara ne cillait même pas.

– ECT, électro-convulsivo-thérapie, ma petite, c'est le programme aujourd'hui, reprit l'infirmier au moment où les portes se refermaient. Ils vont te balancer un peu d'électricité dans le crâne. Faut croire que t'adores ça. L'autre jour, tes mamelons sont restés durs pendant au moins une heure. Mmmm, je te dis pas l'effet que ça m'a fait.

Il jeta un coup d'œil au tableau de commande de l'ascenseur et, entre le deuxième et le troisième étage, appuya sur « arrêt ». L'ascenseur se bloqua aussitôt. Il avait deux ou trois minutes pour en profiter.

Debout derrière Clara, il glissa sa main droite dans le col de sa chemise de nuit et descendit prendre en coupe son opulent sein gauche.

– T'as de gros seins bien chauds, j'aime ça, murmura-t-il à son oreille en se palpant l'attirail de son autre main. Je suis de garde, ce soir, chérie. Je viendrai te voir dans ta chambre pour te lécher tout partout. Tu sais comme j'adore ça. Et vu que tu mouilles sacrément, on dirait bien que toi aussi. Mmmm... j'en ai la trique rien que d'y penser. Un vrai gourdin.

Il fit le tour du fauteuil, sortit sa panoplie et la lui mit sous le nez.

– Qu'esse t'en dis ? fit-il en se tenant les pendantes et en agitant le tout. C'est pas beau, ça ?

Il ajouta, sans logique apparente :

– Il paraît que ta copine, la blonde, vient te voir demain. Je me la ferais bien, celle-là. Je l'ai bien reluquée, tu sais. Elle a un cul du tonnerre de feu.

Il jeta un rapide coup d'œil au tableau de commande et rangea son attirail.

– Bon, c'est pas le tout de faire causette, on a du boulot, pas vrai ?

Il s'accroupit devant elle, inclina la tête sur le côté et la fixa d'un air idiot.

– Tu t'en contrefous de ce que je peux te raconter, hein ? T'as bien raison, dit-il en se relevant. De toute façon, personne te demande ton avis.

Il débloqua l'ascenseur, et en quelques secondes ils furent au quatrième. Une chose était certaine : les vacances, pour lui, c'était bel et bien fini. Et, s'il en doutait, l'anesthésiste qui attendait se chargea de le lui rappeler en lui balançant d'un ton agacé :

– Allez, grouillez, mon vieux !

## CHAPITRE XVI

– J'ai connu une Valérie, dit Hervé Kéravel en freinant pour laisser la priorité à un bus venant de la droite. Une sacrée suc… enfin, bref, c'était une délurée, si tu vois ce que je veux dire, corrigea-t-il en passant la première et en accélérant à nouveau. Du bon temps, on peut dire qu'elle s'en payait, celle-là.

– Ah ouais ? releva Lisa, qui avait encore du mal à s'identifier à son nouveau prénom. Tant mieux pour elle. Mais tu sais, des Valérie, il y en a des tas. Un prénom, ça ne veut pas dire grand-chose.

– Alors là, je te donne cent pour cent raison, dit Kéravel. Je vois, moi, je m'appelle Hervé. Et ben, des Hervé, je peux te dire que j'en ai connu des tordus, qu'avaient de sacrés trous dans les neurones.

– Non, sans blague ? fit Lisa.

Jean-Louis Marsan, assis à l'avant du fourgon à côté de Kéravel, ne put s'empêcher de sourire. Ce dernier s'en aperçut et réagit aussitôt :

– Non, mais regardez-le se marrer, ce con ! Il est pas vrai, ce gars-là.

– Quoi, je me marre, et alors ? Le vieux est plus là, mais j'ai l'impression que la relève est assurée, rigola Marsan.

Kéravel jeta un regard à Lisa dans le rétroviseur intérieur. Elle était assise à côté du coffre et fixait la portière latérale, l'air d'être ailleurs.

– Alors, Val, raconte-nous, qu'est-ce qui t'a poussée à devenir convoyeuse ? lui demanda-t-il en reportant son regard sur la route.

– Quoi ? Oh… euh, disons un vieux rêve.

– Un rêve ? répéta-t-il, comme si elle avait répondu un truc du genre : « l'amour de mon prochain ».

– Rêver de 1 100 euros net par mois… Au moins, t'as le rêve abordable, commenta Marsan.

– C'est pas l'argent qui m'intéresse, dit Lisa.

– Quoi, une nana qui se fout de l'argent ? releva Kéravel en arrêtant le fourgon devant un bureau de poste du XIVe arrondissement où ils devaient opérer un transfert.

Les lieux étaient plutôt tranquilles. Sur un mur blanc du bâtiment, un adepte de la contrepèterie avait tagué : « Kronenbourg à la Poste,

Chronopost à la bourre ».

– Je vois, dit Lisa. Toutes les femmes sont vénales, c'est ça ?

– « Vénales » ? répéta Kéravel C'est quoi, ça ?

Marsan fit la moue, dubitatif lui aussi.

– Oh, rien... un truc tordu, bien cochon, répondit Lisa.

– Putain, des trucs tordus bien cochons, j'en connais pourtant, reconnut Kéravel, mais j'ai jamais entendu parler de ça.

– Comme quoi, on en apprend tous les jours.

Jean-Louis Marsan jeta un coup d'œil à sa montre et dit :

– On est en avance.

Puis il se tourna vers Lisa :

– Tu connais la procédure en cas de pépin, hein ?

– On me l'a assez serinée à l'école de formation. J'enclenche le verrouillage automatique des coffres et je ne bouge pas.

– Ou alors..., commença Kéravel.

– Ou alors quoi ? répéta Lisa, qui croyait que l'interrogatoirc sc poursuivait.

– Ou alors, t'es de la maison tire-bouton.

– Quoi ?

– Une mangeuse de lentilles... une gouine, quoi.

– Oh, fais pas chier, Kéravel, intervint Marsan.

T'es vraiment con. Fous-lui la paix avec tes conneries !

– Non, laisse, dit Lisa. Si ça le fait fantasmer.

– J'ai mis dans le mille, hein ?

– Ouais, en plein dans le mille, fit-elle crânement. C'est vrai, je suis une gougnotte, Mon plat préféré, c'est la fricassée de minou. Une vraie broutteuse, si tu veux tout savoir.

Kéravel en resta esbrouffé, et du coup tout excité, ne sachant trop s'il y avait du vrai dans ce que Lisa lui racontait, ou si elle lui faisait seulement l'article et se foutait de lui. Par nature, il était porté à croire que si tout le monde avait son jardin secret, c'était surtout un jardin de débauche.

– Bon, ça suffit les conneries, intervint à nouveau Marsan en enfilant son gilet pare-balles On a du boulot. Je sors en reconnaissance. Valérie, quand je te fais signe que tout est O.K., tu descends et tu restes à côté du fourgon.

Lisa acquiesça d'un signe de tête, l'air grave soudain, comme si elle venait juste de se rendre compte qu'elle n'était plus à l'école de formation, ni en train d'échafauder son plan, mais en pleine tournée de ramassage.

– T'inquiète. Je suis sûr qu'elle sait quand même jouer du calibre, dit Kéravel d'un ton plein de sous-entendus.

## CHAPITRE XVII

Koffi Miango sirotait un bangui glacé en terrasse au Kotoukou, un restaurant ivoirien du XVIIIe arrondissement notoirement marqué bété, l'ethnie sudiste proche de Laurent Gbagbo. Un dioula du nord, Mamadou Ouattara, y avait été égorgé avec un tesson de bouteille trois mois plus tôt au milieu des dîneurs.

– Drôle d'endroit pour une rencontre, commenta Sophie après que Le Marabout lui eut narré le malheureux « incident ».

– Je ne fais pas de politique, se justifia Miango. J'aime seulement manger africain.

– Ah, la cuisine exotique ! ironisa Sophie. Et maintenant, si vous me disiez pourquoi on ne pouvait pas se parler au téléphone.

– Eh bien, j'ai beau ne pas faire de politique, je sais que mon bureau à l'OCRB est sur écoute.

– Oh… Une raison à cela ?

– Un frère et deux cousins « patriotes » actifs au pays.

– Quoi, les milices pro-gouvernementales ?

– Je vois que vous vous tenez informée. C'est bien.

– Je regarde la télé, comme tout le monde, dit Sophie.

– Alors, qu'est-ce que vous voulez savoir ?

– D'abord, une simple question : qu'est-ce qu'il y a entre Alex et vous ?

– Oh, trois fois rien, on a eu un coup de gueule un jour, dit Miango en déplaçant légèrement sur sa chaise son mètre quatre-vingt-quinze pour cent dix kilos. À propos d'une garde à vue. On s'est parlés dans les trous de nez, comme on dit chez nous. Pas de quoi fouetter un chat.

– Et ce surnom de Marabout, d'où tenez-vous cela ?

– D'un collègue africain de la BAC, mais rien à voir avec la divination. Il trouve que je ressemble à l'oiseau.

– Ah oui ? En quoi ?

– Eh bien, le marabout est la plus grande des cigognes africaines. Je mesure presque deux mètres. Mais il paraît que j'ai surtout sa démarche.

– Je vois, dit Sophie.

Avant d'enchaîner sans transition :

– Qu'est-ce que vous pouvez me dire sur le dossier Markale ?

– Qu'on m'a retiré l'enquête.

– Je n'y suis pour rien. Ni Alex.

– Je le sais.

– Tout a commencé avec l'affaire Pierre Clarac, le serveur repêché dans le vieux port de La Rochelle, c'est bien ça ? demanda Sophie pour tenter d'y voir clair.

– Ouais, il avait sur lui son uniforme de convoyeur. C'est le genre de truc qui fait qu'on alerte immédiatement nos services. On m'a envoyé sur place.

– Et ?

– Bah, un noyé, après plusieurs jours en mer, c'est pas beau à voir. Entre une peinture de Francis Bacon, un poisson éviscéré et le cadavre de Roswell, pour dire les choses de façon imagée. Une chose était certaine : le gars n'avait pas décidé, un soir de déprime, de se balancer à la baille.

– Il s'était fait démolir le portrait, c'est ça ?

– Ouais, il avait le nez en miettes, la mâchoire fracturée, la trachée enfoncée, et j'en passe.

Une serveuse replète à l'air endormi et aux fines tresses afro plaquées sur le crâne vint prendre la commande de Sophie.

– Donnez-moi un jus de fruit. Ananas, si vous avez.

La serveuse la fixa d'un air indifférent, avant de tourner les talons et de repartir sans un mot.

– Et Tonino Guerra ? enchaîna Sophie en décalant légèrement sa chaise pour se mettre à l'ombre du parasol Cinzano.

– On a retrouvé son corps dans sa Scénic garée près du terrain de camping qu'il dirigeait. On lui a tiré une balle à bout portant dans le crâne. La PJ de Perpignan nous a alertés en découvrant que Guerra était un ancien convoyeur de fonds. De notre côté, on a fait le lien avec La Fiduciaire, mais on n'avait encore aucune piste sérieuse. Jusqu'à l'affaire de la laverie automatique.

– Quoi, la laverie ? J'ai lu votre rapport. En quoi est-ce que… ?

– Ce n'est pas mon rapport que nos services vous ont balancé, précisa Miango.

– Ah non ? Alors dites-moi : quelle piste la mort de Francis Markale vous a fournie ?

– Celle d'une histoire vieille de sept ans, répondit Le Marabout.

Sophie eut une moue interrogative, l'air de dire : mais encore ?

– Ah, bon dieu ! fit mine de se lamenter Miango. Il faut que je fasse votre boulot, c'est ça ?

– C'est pas de refus, dit Sophie.

– Très bien. De toute façon, vous auriez découvert cette histoire très vite… du moins, je l'espère.

La serveuse revint avec le jus d'ananas. Le Marabout attendit qu'elle l'ait servi et se soit éloignée pour reprendre :

– Il y a sept ans, cinq convoyeurs accusés de viol ont été arrêtés, mis en garde à vue, puis en examen, avant de bénéficier d'un non-lieu et finalement d'une relaxe. La victime s'appelait Clara Guéthary. Une étudiante de dix-neuf ans. Le viol a laissé des séquelles terribles : la gamine est restée catatonique, je crois qu'ils appellent ça, depuis cette époque-là. On l'a retrouvée à moitié nue dans un parking parisien, couverte d'ecchymoses. Les convoyeurs mis en examen s'y trouvaient eux aussi pour un ramassage. Une caméra avait filmé le fourgon à l'entrée du parking. Un témoin oculaire a affirmé à l'époque, avant de se rétracter, qu'il avait entendu des bruits bizarres dans le fourgon. Malheureusement, aucune caméra n'a pu filmer les faits, ni permettre de les reconstituer. Faute de preuves, les gars s'en sont tous tirés.

– Clarac, Guerra, Houdaer et Markale, c'est ça ?

– Tout juste.

– Et qui est le cinquième ?

– Un certain Hervé Kéravel. Il travaille toujours à la Fiduciaire.

– Nom de Dieu ! Ça veut dire que c'est le prochain sur la liste ?

– Je dirais qu'il y a des chances, oui.

– Et quand est-ce que vous comptiez nous parler de ça, hein ?

– C'est pas ce qu'on est en train de faire ?

# CHAPITRE XVIII

– Voilà, tu en sais autant que moi, dit Sophie à Alex après lui avoir répété ce que Le Marabout venait de lui apprendre.

– Qu'est-ce qu'ils foutaient à cinq dans ce fourgon ? Ils marchent par équipe de trois d'habitude.

– T'as de drôles de questions, Gribo, je t'assure. J'aimerais te sentir plus concerné par le sort de cette pauvre fille.

– Qu'est-ce que tu veux ? Que je lâche les grandes eaux ? On a une tueuse dans la nature, nom de Dieu, voilà ce qui me préoccupe. Tu m'as dit qu'clle était internée où déjà ?

– Sainte-Anne.

– On y fera un saut demain. En attendant, préviens le patron qu'on a besoin d'une protection rapprochée 24/24 pour Kéravel. J'ai pas envie de roupiller auprès de ce type.

– Tu l'as déjà interrogé ?

– Non. Dans une heure. Il termine sa tournée. Débrouille-toi pour avoir un topo complet sur la sœur… Lisa Guéthary, c'est ça ?

– Oui. J'y travaille, dit Sophie. D'après son ancien employeur, elle vit à Mexico depuis un an. Elle et sa sœur ont perdu leurs parents il y a trois ans au pays basque. Un stupide accident de voiture.

– Tu la vois en sœur vengeresse ?

– Pas dans les actes, non, mais elle a pu commanditer les assassinats. Je te ferai un topo complet ce soir à la maison.

– J'ai envie de manger des gambas, dit Gribovitch.

– Quoi ?

– Des gambas à la sauce piquante. Je te prépare ça, ce soir. Je me charge des gambas. Je sais où les acheter. Essaie de me dénicher des brins de coriandre et de ciboule, d'accord ? Oh, et aussi une mangue.

– Alex…

– Quoi ?

– T'es vraiment un grand malade, tu sais ?

– Je te promets de me faire examiner demain à Sainte-Anne.

## CHAPITRE XIX

Quatre des quatorze fourgons de La Fiduciaire étaient rentrés quand Kéravel, Marsan et Lisa regagnèrent le parking en sous-sol du siège de la société.

Devant un Marsan à l'air toujours aussi affligé, le chauffeur dissertait sans vergogne sur un nanar du film X des années soixante-dix, *Écarte tes roseaux que je pêche au large*, quand Gribovitch le fit appeler dans le bureau mis à sa disposition par la direction, un petit local vitré où les convoyeurs avaient anciennement l'habitude de faire une pause-café ou déjeuner. Lisa-Valérie, pour qui la tournée avait visiblement été éprouvante, se hâta de regagner les vestiaires, l'air sombre. Gribovitch la regarda s'éloigner dans le parking et fit signe à Kéravel de le rejoindre.

Aussitôt, le visage du chauffeur s'assombrit, se décomposa même, comme s'il n'avait fait que donner le change toute la journée, et que l'angoisse qui l'avait étreint ce matin-là à l'annonce des autres assassinats d'anciens convoyeurs revenait le happer comme une plante carnivore.

– De quoi vous parliez ? lui demanda Gribovitch d'un ton dégagé.

– Oh… de films X, dit Kéravel. Vous êtes amateur ?

– Pas vraiment, non. Ou alors parodiques, à la limite.

– Dans ce cas, je vous conseille *Harry Ploteur*, ou *Le Fabuleux vagin d'Amélie Bourrin*.

– J'essaierai de m'en souvenir, dit Gribovitch en refermant la porte du local éclairé comme une salle d'opération.

Il désigna une chaise au chauffeur et passa lui-même derrière un gros bureau en inox. Des dizaines de tabourets étaient empilées contre un des murs, décorés d'un unique calendrier des PTT millésime 88 montrant un panier en osier dégorgeant une flopée de chatons angoras jouant avec des pelotes de laine.

– Comment ça se passe avec la nouvelle ? demanda Alex.

– Bah, c'est pas gagné, dit Kéravel. Elle est pas sortie de l'auberge, la cocotte. Faut dire, c'est pas un boulot pour les gonzesses. Déjà que nous, on a les boyaux en zigzag la plupart du temps ; c'est vrai, il y a de quoi faire dans son ben des fois !

– Vous connaissez Calamity Jane ?

– Non, ça me dit rien, comme nom. Elle a bossé chez nous ?

– Euh… pas exactement, non. Enfin bref, c'est peut-être pas mal de féminiser un peu la branche, non ?

– De quelle « branche » vous voulez parler, au juste ? rigola grassement Kéravel en clignant de l'œil.

– Très drôle, dit Gribovitch en allumant une Gitane blonde.

– Oh, j'en connais une très con, mais tordante. Vous connaissez celle de l'orang-outan qui se gratte le gland ?

– Non, mais… venons-en plutôt au fait, d'accord ?

Le sourire de façade s'effaça aussitôt.

– Comme vous voudrez. Je vous écoute.

– Clara Guéthary, dit Gribovitch en soufflant un trait de fumée.

Kéravel accusa le coup en silence, mais sa tête se mit à tanguer doucement, à la façon d'un boxeur groggy, comme si le nom lui avait court-circuité les neurones.

– Alors quoi, ce sera jamais fini ? Putain !Combien d'années encore est-ce que ce nom va me poursuivre ? se lamenta le chauffeur en se tenant les tempes.

– Écoutez, Kéravel, reprit Alex, je ne suis pas là pour faire votre procès, mais, croyez-le ou non, pour vous protéger.

– Me protéger ? Elle est bien bonne, celle-là ! Et les autres, qui les a protégés, hein ?

– Cette fois, on a une longueur d'avance, fit valoir Alex.

– Ah oui ? Expliquez-moi ça.

– On sait que la prochaine victime, c'est vous.

– Oh, eh ben, comme ça, c'est parfait ! J'ai plus qu'à crever comme les autres gars ! Bordel ! jura le chauffeur, les mains tremblantes.

– Vous allez bénéficier d'une protection policière, vingt-quatre heures sur vingt-quatre.

– Ah ouais ? Et jusqu'à quand, hein ? Parce que je connais la musique. Tout ça, c'est copinage et compagnie. L'autre fiotte de directeur, là, on voit bien qu'il a le trouillomètre à zéro. La mauvaise pub, il en veut pas, c'est clair. Mais pour ce qui est de ma pomme, il s'en balance.

Il se tut un instant, l'air de réfléchir. Puis :

– La famille, vous avez cherché de ce côté-là ? Les parents ?

– De qui ?

– Bah, de cette fille, Clara machin.

– Morts dans un accident de voiture, répondit Gribovitch.

– Elle avait une sœur, non ?

– Elle vit à l'étranger depuis un an. Mais on vérifie toutes les pistes. Est-ce que vous avez… reçu des menaces, à l'époque ?

– Ouais, d'un tas de bonnes femmes hystériques.

– Soyez plus précis.

– Un tas de cinglées, je vous dis. Il y a eu une féministe, une siphonnée, qui nous écrivait des lettres de menaces complètement dingues.

– Un nom ?

– J'en sais plus rien, moi. Ça fait longtemps, tout ça.

– On vérifiera. Autre chose ?

– Non. On n'a fait que passer dans ce parking, bordel. On lui a rien fait à c'te gamine. C'est ce vieux con de témoin, ce retraité binoclard, qui nous a mis dedans à l'époque ! Il a dit qu'il avait entendu gueuler dans le fourgon. Évidemment, on était ronds comme des queues de pelle.

– Vous étiez cinq dans ce fourgon. Pourquoi ?

– Bah, un des gars, Guerra, venait d'empocher un joli pactole au Loto. Il rêvait d'ouvrir un camping dans le Sud, ce qu'il a fait d'ailleurs. Bref, on avait décidé de fêter ça, et on a pris deux gars avec nous. Alors, c'est vrai, on s'est flanqué une méchante biture ce jour-là, mais y a pas eu mort d'homme, à ce que je sache.

– Non, juste une pauvre fille violée et tabassée.

– J'vous dis qu'on y était pour rien, merde !

– D'accord, d'accord, tempéra Gribovitch.

Il y eut un long silence, puis :

– Dans la presse, ils parlent d'une blonde, reprit Kéravel.

– Mouais, mais ça ne veut pas dire grand-chose. Elle a pu mettre une perruque, se teindre les cheveux, allez savoir.

Nouveau silence, puis :

– Non, j'dis ça parce que… la petite est blonde.

– Quoi ? Quelle petite ?

– Bah, la petite nouvelle.

– Valérie Baldi ? Déconnez pas, Kéravel.

– Hé, je deviens parano, moi, avec toutes ces conneries !

– Je peux comprendre ça, et si ça peut vous rassurer, on a pris des renseignements sur elle. Elle est clean, dit Gribovitch en éteignant sa Gitane blonde dans un petit cendrier rond en alu estampillé McDo. Je vous conseille surtout d'essayer de garder la tête froide.

– La tête froide, vous en avez de bonnes ! Vous avez déjà fait ce boulot ?

La sonnerie du téléphone portable de Gribovitch retentit soudain.

– Excusez-moi, dit-il à Kéravel en prenant l'appel.

C'était juste un texto. Il ouvrit sa boîte de réception et lut :

« *Qui gobe une noix de coco fait confiance à son anus (proverbe ivoirien). Le Marabout* »

– Qu'est-ce que c'est que ces conneries ? grommela-t-il.

## CHAPITRE XX

Allongée nue sur le lit, les jambes en M, Lisa s'abandonnait au lent mouvement de va-et-vient que Sabaydi, un gode ceinture rose fluo harnaché autour de la taille, lui imposait avec l'assurance impérieuse d'une Amazone éperonnant sa monture.

Le dragon bleu ailé tatoué dans le dos de la Laotienne se contorsionnait au rythme de ses déhanchés fouailleurs, la double sangle du gode lui rentrant entre les fesses à la façon d'un mors de bride.

– Plus fort... oui, comme ça, continue, s'extasiait Lisa, qui sentait les longs cheveux soyeux de l'Asiatique caresser ses joues brûlantes.

Du bout de la langue, Sabaydi lui agaçait le lobe des oreilles, lui soufflait dans le cou, la mettait au supplice, un avant-bras en appui sur le lit, en même temps qu'elle lui triturait les mamelons de l'autre main.

Attendant le moment propice, elle tourna finalement à fond la molette du boîtier de commande de vibrations du gode et accéléra le mouvement.

Ce fut la goutte d'eau… qui provoqua le raz de marée orgasmique qui submergea instantanément Lisa. Les mains agrippées aux montants du lit, elle se raidit brutalement, le ventre agité de spasmes désordonnés, tandis qu'un long râle voluptueux s'échappait de sa gorge, au grand ravissement de la triomphatrice Sabaydi, pour qui il n'était plus glorieuse reddition ni plus douce musique.

La jeune Asiatique et son dragon ailé endormis à côté d'elle, Lisa fixait le plafond d'un air absent. Dehors, la nuit tombait lentement, obscurcissant peu à peu la chambre de la Laotienne, décorée dans le style zen minimaliste.

Son premier jour à La Fiduciaire avait été bien plus éprouvant qu'elle ne l'avait imaginé. La proximité immédiate de Kéravel, l'obligation de parler avec lui comme si de rien n'était en attendant le moment d'agir vraiment, ou l'écouter débiter ses saloperies, tout cela avait presque été au-dessus de ses forces. Et puis, comme si cela ne suffisait pas, le danger d'être découverte à tout instant était bel et bien présent maintenant, avec ce lieutenant qui interrogeait tous les convoyeurs et fourrait son grand nez partout. Pourtant, d'ici à ce qu'il comprenne qu'elle n'était pas Valérie Baldi, mais qu'elle avait, grâce à un trafiquant de faux papiers nantais, échangé sa vie et son identité avec celles de sa meilleure amie, qui se trouvait, elle, réellement à Mexico sous le nom de Lisa Guéthary, d'ici-là sa vengeance serait accomplie.

Sa dernière tournée de la journée terminée, elle était rentrée par le métro en marchant comme une somnambule dans les couloirs bondés. Machinalement, presque logiquement, elle avait composé le numéro de portable de Sabaydi, et elles avaient décidé de se retrouver comme la première fois à l'appartement de l'Asiatique. Tout valait mieux que la solitude de son propre appartement ce soir-là. Et qu'est-ce qui, mieux que le sexe, procurait l'oubli et, pour un temps au moins, une forme d'apaisement ?

– Lisa ? fit soudain Sabaydi d'une voix ensommeillée. Est-ce que ça va ?

Surprise, Lisa tourna la tête et, l'espace d'un instant, se perdit dans la contemplation des traits délicats de la Laotienne, auxquels elle trouva curieusement quelque chose de Nippon. Le nez fin et saillant, sans doute…

– Oui, murmura-t-elle en se tournant à demi vers elle, avant d'introduire sa main dans l'entre-cuisse de la jeune femme et de l'y regarder disparaître. Je n'ai pas sommeil, c'est tout.

– Si ce n'est que ça, dit Sabaydi en s'ouvrant comme une fleur.

## CHAPITRE XXI

À genoux devant Clara assise sur sa chaise roulante après lui avoir écarté les jambes et relevé la chemise de nuit au-dessus des hanches, Guy Fournel s'astiquait le manche d'une poigne d'acier en ahanant furieusement au rythme de ses manustuprations solitaires, comme dit savamment le lexique.

Ledit manche, « Demis Roussos » l'avait affecté par la maladie de Peyronie, qui le lui courbait sévèrement vers la gauche. Il en était à ce point complexé que, dans l'espoir d'une improbable solution, il en avait laissé la photo sur sexy-penis.com, le « site des pénis courbés », où il voisinait fièrement avec tout un tas de « détraqués » du manche ouvertement exhibitionnistes qui avouaient à 52,82 % se masturber au moins deux fois par jour.

Dans un dernier mouvement rentrant, l'infirmier

étrangla son prépuce plus violemment que la ceinture de soie d'Agatha Christie le pauvre « B » dans *ABC contre Poirot*. Le gland martyrisé, déjà borgne, se répandit sur les genoux et les cuisses de la pauvre Clara, qui regardait ailleurs, l'air indifférent, tandis que la mixtion poisseuse dessinait sur ses cuisses un drôle d'archipel de M'adhère.

Dans un dernier râle, secouant sa tignasse brune comme un chien qui s'ébroue, Fournel y alla d'un pentasyllabe aux accents raciniens :

– Ah, bordel, j'adore !

Sur quoi il releva son gros cul poilu dégoulinant de sueur, remonta son pantalon en toile, puis contempla longuement, dans la pénombre crépusculaire de la pièce, les cuisses de la jeune femme et le fruit – ou plutôt son jus, d'un beau blanc de lait – de ses basses œuvres clandestines.

– Putain, j'ai vraiment lâché les écluses ! murmura-t-il d'un air ébahi.

Il s'empara ensuite d'une poignée de mouchoirs dans une boîte de Kleenex et effaça rapidement les traces de son acte pernicieux, balançant le tout dans les toilettes de la chambre.

Un brusque courant d'air fit alors claquer l'unique fenêtre de la pièce, juste au-dessus de la tête de la jeune femme, qui ne cilla même pas. Cette fois, Fournel alluma dans la chambre, et traîna aussitôt ses sabots en bois blanc à semelles élastomère jusqu'à la fenêtre pour la fermer. Dehors, un vent chaud s'était levé, qui soufflait en bourrasques. La nuit s'annonçait orageuse.

Au moment où il allait tourner le bouton de la crémone pour fermer, une des persiennes métalliques de la fenêtre s'arracha à moitié en s'ouvrant en accordéon sur l'extérieur, menaçant de tomber quatre étages plus bas dans la cour de l'hôpital.

– Et merde ! Fais chier ! jura l'infirmier, qui ne voulait pas attirer l'attention sur la chambre.

Ignorant la présence de Clara, il grimpa sur le repose-pieds, puis sur l'accoudoir de la chaise roulante, avant de poser un genou, puis les deux, sur le rebord de fenêtre pour attraper la persienne.

Il ne fallut qu'une seconde pour qu'il bascule.

Il n'eut pas le temps de tourner la tête, ni d'agripper quoi que ce soit ; il eut juste le temps de crier. L'espace d'un instant pourtant, avant de s'écraser sur les pavés de la cour, il aurait juré qu'une main l'avait déséquilibré et poussé dans le vide.

## CHAPITRE XXII

Après avoir décortiqué les gambas, Gribovitch leur incisait le dos dans la longueur avec des gestes chirurgicaux, que troublait à peine son agacement du moment.

– Si ce n'est pas toi qui le lui a donné, d'où il sort mon numéro de portable, hein ? Dis-le moi.

– Aucune idée, Gribo, répondit Sophie, occupée de son côté à peler et émincer les oignons et les ciboules sur le plan de travail de leur cuisine commune. Mais je ne vois pas pourquoi ça te tracasse à ce point.

– Ça m'énerve, c'est tout. Et puis, tu comprends quelque chose, toi, à son proverbe africain à la noix, c'est le cas de le dire ?

– Pour moi, c'est juste une provocation amicale. Il se paie gentiment ta tête. C'est sa façon de te dire « sans rancune ».

– Ouais, bah, j'en jurerais pas. Je connais un

peu le bonhomme. Par contre, qu'il se paie ma tête, ça, c'est certain.

Voyant qu'elle en avait terminé avec les ciboules, il dit :

– Tu veux bien couper la mangue en deux ? Tu retires le noyau et t'essaies de me faire des dés, d'accord ?

– Bien, chef.

Gribovitch, tout à sa recette, versa de l'huile dans une grande poêle et la fit chauffer à feu doux.

– Alors, Kéravel ? lui demanda Sophie en essuyant la sueur de son front avec son avant-bras.

– Un vrai poète. Vraiment émouvant. Le moment fort, ç'a été quand il m'a demandé si je connaissais celle de l'orang-outan qui se gratte le gland ?

– Jolie rime. Et tu la connais ?

– Non.

– Dommage.

– Bref, j'ai pas envie de refaire le procès de ces gars-là, mais ça m'étonnerait beaucoup qu'ils soient blanc-bleu. D'après Roger, l'enquête a été bâclée, tous les indices sérieux relevés sur place, sabotés par une belle bande d'incompétents.

– Dallant a eu le dossier en main ?

– Oui. Après ton coup de fil, je l'ai appelé pour

lui demander d'essayer de dénicher une copie du rapport médical de l'affaire Guéthary. Il est persuadé pour sa part qu'il y a eu plusieurs agresseurs, contrairement à ce que conclut le rapport.

Il se frotta les mains et dit :

– Bon, tu en es où ? Fais-moi voir ça… c'est bien, mais un peu plus petits, les dés.

Il ramassa les oignons émincés et les jeta dans l'huile bouillante.

– À propos, tu as terminé de vérifier la piste de la sœur, comment s'appelle-t-elle déjà… Lisa, c'est ça ?

– Ouais, elle vit à Santa Maria La Rivera, un quartier populaire de Mexico, dans le centre historique. Griffon a obtenu que des Federales se rendent chez elle.

– Des quoi ? releva Alex en remuant vivement les oignons dans la poêle.

– Des flics du district fédéral. Ils ont pu lui parler. Ils ont même vérifié ses relevés téléphoniques. Une vie rangée. Un boulot sympa. Un petit copain. Rien de suspect, apparemment.

– Eh ben, on est bien avancés avec ça ! Et si l'affaire Guéthary, c'était une fausse piste depuis le début ?

– Comment ça ?

– Si ça se trouve, Kéravel n'a rien à craindre,

parce qu'il n'y a pas de prochain sur la liste. D'accord, cette histoire de viol, c'est le point commun entre tous ces gars, mais… et s'il y avait autre chose ? Un règlement de compte pour une tout autre raison ?

– Possible.

– Je te sens pas convaincue, dit Gribovitch en ajoutant les gambas dans la poêle.

– Non. Je te rappelle qu'on a, selon toute probabilité, une tueuse sur les bras. Pourquoi une nana en voudrait-elle à ces types au point de les tuer ? Mon instinct me souffle que cette histoire de viol, c'est la clé. Souviens-toi des termes qu'a utilisés Roger : vengeance, humiliation…

– Dis-moi, c'est vraiment ton instinct qui te souffle ça, ou un certain Marabout qui t'a fait son numéro ?

– De charme, tu veux dire ?

– Entre autre, précisa Alex en ajoutant rapidement dans la poêle un petit bocal de sauce piquante, puis les morceaux de mangue, et enfin la ciboule.

– Belle bête, en tout cas, dit Sophie d'un air énamouré.

– C'est ça, dis-moi aussi que t'as entendu l'appel des tam-tams pendant que t'y es !





## CHAPITRE XXIII

– Je vous donne brièvement les consignes pour quand vous serez dans le service, dit l'infirmière en les précédant vers l'ascenseur, une jolie petite brune à la voix douce et aux mignons petits pieds chaussés de tennis blanches Reebok tout aussi mignonnes.

– Les consignes ? releva Sophie.

– Oui. Vous évitez d'approcher un patient dans le dos sans prévenir de votre arrivée, de le toucher même s'il vous tend la main, de l'avoir derrière vous quelles que soient les circonstances.

– On vient voir une pauvre fille catatonique clouée dans un fauteuil roulant, pas Hannibal Lecter, vous savez ? sourit Gribovitch.

– Plaisantez pas avec ça, dit la brune. Un infirmier est mort défenestré hier soir. On ne sait pas encore si c'est un accident.

Elle eut une moue affligée, et reprit sur le

même mode :

– Je disais donc : vous évitez d'avoir un patient dans le dos quelles que soient les circonstances. Quand vous sortez de…

Elle s'interrompit soudain, comme si la petite phrase d'Alex venait seulement de faire tilt dans son esprit :

– Vous dites une « catatonique » en fauteuil ? La petite Guéthary ?

– Oui, pourquoi ?

– C'est de la fenêtre de sa chambre que l'infirmier est tombé hier soir.

# CHAPITRE XXIV

– Un frappadingue de première, lieutenant, si vous voulez mon avis, dit le jeune flicard posté à l'entrée de la chambre. Les collègues m'ont raconté ce qu'ils ont trouvé chez lui. Des dizaines d'heures de vidéo numérique, où on le voit abuser d'un tas de patientes de l'hôpital. D'après le collègue informaticien qui a vérifié son ordinateur ce matin, il diffusait ça sur internet.

– Sur internet ? répéta Sophie, l'air incrédule.

– Ouais, c'est pas dingue, ça ?

– Il est mort ? demanda Gribovitch.

– Encore heureux… Enfin, je veux dire, oui, lieutenant. Tué sur le coup. Faut dire, quatre étages…

– Bon. Merci, dit Sophie, avant de s'éloigner dans le couloir avec Alex.

Elle sortit un paquet de chewing-gum à la pêche de sa poche et fourra une tablette dans sa bouche.

– On dirait que le sort s'acharne sur cettepauvre fille, hein ? baragouina-t-elle en martyrisant la tablette entre ses mâchoires, en même temps qu'elle en proposait une à Gribovitch.

– Il y a vraiment des tordus, je te jure, commenta Alex en refusant le chewing-gum d'un geste de la main.

Comme ils passaient devant l'accueil du quatrième, une voix appela :

– Lieutenant Grizovitch ?

– Presque. Gribovitch, corrigea Alex.

– Désolé.

Un jeune médecin bizarrement coiffé à la Ringo de la période « Laisse les gondoles à Venise » s'approcha, vêtu non pas d'une veste de velours vert, mais d'une blouse blanche impeccable. La poche poitrine équipée du mythique stylo Bic quatre couleurs achevait de renvoyer le jeune Esculape à une décennie presque plus vieille que lui.

– C'est vous que j'ai eu téléphone ? lui demanda Gribovitch.

– Oui. Docteur Preu. Je vous attendais.

– Voici ma coéquipière, Sophie Leclerc

– Ravi, dit le jeune médecin. Venez, je vous conduis à la chambre de Clara.

Il secoua la tête d'un air atterré en les précédant le long d'un vaste couloir aux murs peints en bleu.

– Pauvre fille. Si j'avais pu imaginer une chose

pareille… Ce Fournel, je ne l'ai jamais aimé.

Gribovitch éluda le commentaire d'un :

– Depuis quand soignez-vous Mlle Guéthary ?

– Ça fera bientôt trois ans, en ce qui me concerne. Je n'ai malheureusement pas constaté la moindre évolution dans sa maladie.

– Vous voulez dire que… qu'elle n'a pas pu pousser elle-même cet infirmier ?

– Ne soyez pas ridicule, lieutenant. C'est à peine si elle parvient à cligner des yeux. D'ailleurs, autant vous prévenir : Clara ne vous sera d'aucune utilité dans votre enquête.

– Nous n'avions aucun doute sur ce point en venant ici, docteur. C'est vous que nous sommes surtout venus interroger.

– Oh… dans ce cas, fit « Ringo », un rien décontenancé. Qu'est-ce que vous voulez savoir ?

– Eh bien, pour commencer, qui lui rend visite ?

– À Clara, vous voulez dire ?

– Si elle a des visites, bien sûr, précisa Alex.

– Oh oui, elle en a. Enfin, côté famille, c'est le désert. À part une tante, je crois, qui est passée la voir un jour.

– Et sa sœur ?

– Jamais vu, personnellement.

Il salua d'un sourire mielleux une infirmière replète aux yeux bleus outrageusement maquillés qui passait, avant d'ajouter :

– J'ai toujours trouvé ça curieux d'ailleurs. Elle paie une partie des frais hospitaliers depuis des années, mais ça s'arrête là. Je crois qu'elle vit à l'étranger. Je me demande si on l'a prévenue de ce qui vient de se passer.

– M'étonnerait, dit Gribovitch.

– Vous disiez que Clara avait de la visite malgré tout ? reprit Sophie.

– Sa meilleure amie de lycée.

– Un nom ?

– Je ne connais que son prénom. Sabine. Il faudrait que vous consultiez le registre des visites.

– Physiquement, comment est-elle ? demanda Gribovitch.

– Vous savez, lieutenant, je suis médecin. Je n'ai pas l'habitude de juger de…

– Je ne vous demande pas une appréciation, docteur, l'interrompit Alex. Juste une description.

– Oh… bien sûr. Eh bien, une vingtaine d'années, blonde, mince. Sympathique.

– Je suppose qu'elle doit remplir une fiche pour être admise comme visiteuse ? demanda Sophie.

– C'est certain. Vous pourrez voir cela à l'accueil.

Il poussa une double porte battante, déverrouilla à l'aide d'un digicode une autre porte vitrée cinq mètres plus loin, et ils débouchèrent dans un couloir étroit ouvrant de part et d'autre sur une dizaine de chambres en tout.

– Elle n'a rien à faire dans ce service, réservé aux malades violents, précisa « Ringo » Preu, mais tant que vos collègues n'ont pas fini leurs prélèvements dans l'autre chambre, je suis contraint de la garder ici.

Il sortit un trousseau de clés de sa poche et ouvrit une porte à hublot qui donnait sur une chambre lumineuse au silence impressionnant.

Assise dans son fauteuil roulant, le visage tourné vers la lumière à la façon d'un héliotrope, Clara fixait le grand ciel bleu à travers la fenêtre haute.

– De quoi souffre-t-elle, au juste ? murmura Sophie.

– Eh bien, dans l'Antiquité, on appelait ça la catalepsie, au Moyen Âge la *congelatio*, et plus tard la *melancholia attonita*. Nous autres, psychiatres modernes, relions cela à la schizophrénie, ou encore à la psychose maniaco-dépressive. Mais, dans le cas de Clara, on est un peu perdus.

– Pourquoi ça ?

– Disons que les premiers symptômes post-traumatiques sont anormalement persistants. Sa maladie aurait déjà du évoluer… Mais je vous laisse quelques minutes avec elle, si vous voulez, reprit-il en tournant les talons.

– Quoi ? s'étonna Sophie.

– Oui. Elle n'a pas tant de visites que cela. Parlez-lui, ça ne peut lui faire que du bien. Évidemment pas d'événements douloureux. Mais, quoi qu'il en soit, ne la touchez pas, d'accord ? Je peux vous faire confiance ?

Gribovitch acquiesça d'un signe de tête résolu, et « Ringo » retourna à ses occupations, en les priant de bien vouloir biper l'infirmière de garde avant de quitter la chambre.

Quand il fut parti, Sophie, la gorge nouée, approcha lentement une chaise du fauteuil roulant, s'installa en face de la jeune femme et lui dit :

– Bonjour, Clara. Je m'appelle Sophie Leclerc…

## CHAPITRE XXV

La porte de garage automatique du pavillon Phénix situé dans une rue tranquille du nord de Bobigny s'abaissa lentement derrière l'Audi S8 noire qui venait d'y pénétrer en souplesse, plongeant graduellement l'espace exigu dans la pénombre. Le chauffeur coupa le contact, mais attendit que la porte soit complètement refermée avant de descendre. Il s'appelait Bachir Arif, et était originaire de Khouribga, une petite ville minière du Maroc. À vingt-huit ans, Arif avait déjà un lourd passé de braqueur et faisait l'objet d'une interdiction définitive du territoire depuis sa dernière condamnation à cinq ans de réclusion criminelle par une cour de la Haute-Saône pour le braquage d'une bijouterie à Vesoul.

Il claqua doucement sa portière, se saisit d'un flacon pressurisé de Ventoline dans la poche de sa veste et inhala deux bouffées en inspirant profondément. Il maintint une apnée quelques secondes, puis rangea son inhalateur et poussa la porte de la buanderie pour accéder à l'intérieur de la maison.

– Bordel, on peut dire que t'as mis le temps ! grogna en le voyant arriver Jolic Kosta, un grand type chauve aux faux airs d'André Pousse et originaire, lui, de Croatie. T'as la camelote au moins ?

Arif lui répondit d'un petit sourire satisfait, suffisamment éloquent.

– Ouais, c'est ça, fends-toi la pêche, crétin ! Je te rappelle qu'on t'attendait hier soir.

– Un empêchement, dit le Marocain, qui avait couru les putes toute la nuit sur les Maréchaux et s'était fait sucer trois fois sans réussir à tirer sa giclée, pour finir par s'astiquer le fourniment aux aurores dans un peep-show de Pigalle.

Penché sur un plan de Paris étalé sur la table du séjour, le Croate sirotait un Glenfiddich pur malt sans glace. S'il avait pu deviner où Arif avait traîné cette nuit-là avec deux M16, une Kalachnikov, des pains de plastique et des grenades à fragmentation dans le coffre de sa voiture, il l'aurait flingué sur place.

– Approche, lui dit-il. On finit de revoir les détails.

À côté de lui, silencieux, un barbu aux longs

cheveux châtain retenus par un catogan avait à peine levé les yeux du plan. Il s'appelait Alejo Garcia et, à quarante-quatre ans, avait passé presque plus d'années derrière les barreaux qu'en dehors. Il n'aimait pas Arif, et Arif le lui rendait bien.

Désignant un endroit sur la carte, le Croate reprit :

– Je disais : ça va se passer là, dans cette rue. Elle est à sens unique. Toi, Bachir, tu bloqueras la circulation avec l'Express. Je t'ai trouvé un uniforme de postier. Alejo sera posté là, juste à côté, avec sa bécane. Je serai juste derrière le Fourgon dans la Clio. La S8 sera garée un peu plus loin. On foutra le camp avec.

– Combien il y aura dans le fourgon ?

– Entre trois et quatre millions d'euros.

Arif laissa échapper un long sifflement admiratif.

– Ouais, bah, on les a pas encore, lui rappela le Croate.

– Surtout si t'es pas foutu de te pointer à l'heure à un simple rancard, renchérit Alejo Garcia d'un air mauvais.

– Hé, ho, Garcimore, et si tu nous la jouais « décontrasté », hein ?

– Ferme-la, petit con, lui renvoya Garcia. On va voir si t'as des couilles, vendredi. T'auras pas affaire à un petit vieux derrière son comptoir de bijouterie, ce coup-ci.

– C'est bon, intervint le Croate. Fermez-la, tous les deux. D'accord ?

Les deux hommes se détournèrent l'un de l'autre. Le Croate avala une gorgée de whisky, s'empara d'un dessin au marqueur noir représentant le fourgon blindé vu de profil dans la rue et reprit :

– Je placerai la charge explosive ici, pendant que vous vous mettrez en position là et là…

## CHAPITRE XXVI

– Hé, Sartre, avoue que la blonde, c'est toi, lança Patrick Picard, un jeune convoyeur qui aimait bien faire le mariole. On sait que tu joues les Brésiliennes à Boulogne, alors dis-le nous : qu'est-ce que ces gars-là t'ont fait, au juste, hein ?

Le Bigleu, qui n'était pas du genre charrieur, se contenta de lever le majeur de sa main droite pour l'envoyer se faire foutre, sans lâcher l'édition Folio de *La Nausée* qu'il tenait de l'autre main, dans laquelle Louis-Ferdinand Céline prenait curieusement la parole en exergue pour dire : « C'est un garçon sans importance collective, c'est tout juste un individu. »

– Ouais, je sais que t'aime ça, mais tu me le fourreras pas, celui-là, lui renvoya l'autre.

– Fais pas chier, Picard ! T'es pas drôle, intervint Lucien Muller, assis à côté du Bigleu sur le marchepied d'un des fourgons garés dans le parking du siège de La Fiduciaire.

Après l'affaire de la laverie, les deux hommes, qui auraient dû être licenciés sur le champ, s'en étaient finalement tirés avec un blâme, après avoir rejeté toute la faute sur Markale, qui ne pouvait plus rien trouver à y redire. L'argent convoyé n'avait jamais été en danger, mais on était surtout à la veille des vacances d'été, période où les besoins en liquidités – donc les mouvements de fonds – allaient être plus nombreux dans la capitale et ailleurs. Or, il y avait pénurie de convoyeurs…

À une dizaine de mètres de là, Hervé Kéravel dormait au volant de son fourgon fermé, la tête sur le repose-tête et les bras croisés, en attendant le départ de la prochaine tournée. Il avait eu beau s'enfermer chez lui à double tour et tirer les rideaux, en sachant qu'une 306 banalisée avec deux types de la BAC à l'intérieur planquait sous ses fenêtres, il n'avait pas fermé l'œil de la nuit. Pour tromper son angoisse, il s'était repassé le « Very Best of » Mélanie Coste et ses quatre heures de scènes hardcore, suivi du fameux « Clara Morgane tourne son premier film » par Stanley Lubrik.

À côté du fourgon, Jean-Louis Marsan en grillait une en lisant debout un numéro de *National Geographic* consacré aux secrets de la pyramide de Saqqarah.

Lisa l'observait depuis la salle de détente en grignotant une barre müesli. Elle trouvait que Marsan était un brave type, tout le contraire de Kéravel, qu'elle se plaisait maintenant à savoir plus que jamais en sursis. Elle attendrait un lieu propice et un moment où Marsan disparaîtrait suffisamment longtemps lors d'un ramassage, pour obliger Kéravel à démarrer sans lui et, après avoir débranché le GPS, à les conduire dans un coin tranquille, où elle pourrait enfin régler ses comptes avec lui. Elle voulait le voir ramper, l'entendre la supplier de lui laisser la vie sauve, comme Clara l'avait fait. Clarac, Guerra, Houdaer, tous les avaient désigné, lui et Markale, comme les « vrais » violeurs. Les trois autres n'avaient fait qu'« assister » à l'ignominie, mais c'était peut-être un pire crime encore.

– Comment ça va? fit soudain une voix derrière elle.

Elle se retourna dans un sursaut et reconnut « Pujol » de Lassalière, le patron.

– Oh… bien, monsieur.

– Pas trop dur?

– Non, non. Je m'en sors, assura Lisa.

– J'en suis certain. Ce dont je suis moins sûr, en revanche, c'est que vous soyez dans la bonne équipe.

– Je ne vous suis pas, monsieur.

Le directeur hésita.

– Eh bien, Kéravel n'est peut-être pas... comment dire ?... l'équipier rêvé pour une jeune femme qui débute dans le métier. Je suis un peu étonné que vous ayez demandé à travailler avec lui.

– Oh, il n'y a rien d'étonnant à cela, monsieur. Il a des années d'expérience. J'apprends beaucoup avec lui. Et Jean-Louis Marsan est un excellent « chef de voiture ».

– Marsan n'est pas le problème, dit le directeur. C'est effectivement un excellent élément, qui a de plus... euh... du savoir vivre. Mais Kéravel... je veux dire, on a dû vous mettre en garde.

Ne t'avise pas de me changer d'équipe, espèce de vieille fiotte endimanchée, ou je t'étrangle sur place.

– Oh, je... je n'écoute pas les racontars. Je préfère juger les gens sur pièce, comme on dit.

– Et ?

– Et quoi ?

– Eh bien... Kéravel ?

– Oh, rien à dire, monsieur.

– Quoi, ne me dites pas que vous trouvez que c'est un gentleman ?

– Je n'irai pas jusque-là, monsieur, admit Lisa en feignant un sourire complice, mais je ne suis pas tombée de la dernière pluie, vous savez. Je sais à qui j'ai affaire. Et ce n'est pas quelques paroles… disons *déplacées*, qui vont me choquer.

– Dans ce cas, abdiqua le directeur. Je vous souhaite bon courage pour la suite. N'hésitez surtout pas à venir me trouver en cas de souci, d'accord ?

– Je n'y manquerai pas, monsieur. Je vous remercie de votre sollicitude. Sincèrement, dit Lisa.

« Pujol » de Lassalière s'éloigna sans la quitter du regard, l'air de lui répéter : *au moindre problème, d'accord ?*

## CHAPITRE XXVII

Impressionnée, Sophie resta quelques secondes plantée dans l'entrée du dojo devant le portrait photographique grandeur nature de Soke Shogo Kuniba, le grand maître et inspirateur des lieux.

– Au Japon, cet homme est considéré comme un « trésor vivant », dit une jeune femme derrière elle en l'observant d'un air amusé.

Sophie tourna la tête, surprise, et vit une jeune Asiatique adossée à la réception, qui sirotait avec une paille une boisson laiteuse indéfinissable.

– C'est drôle, je lui trouve une ressemblance frappante avec Noriyuki Morita, le vieux maître dans *Karate Kid*, dit Sophie. Vous connaissez le film ? Non, je sais, ça a l'air ridicule, dit comme ça, mais je ne plaisante pas. En un peu plus jeune, c'est tout.

– Je suis certaine que notre maître, Éric Riegel, sera intéressé d'entendre ça, sourit la jeune femme.

– C'est le directeur du dojo ? demanda Sophie en s'approchant de la réception.

– Son fondateur et directeur, oui, confirma la jeune Asiatique. Et vous êtes ?

– Oh… Sophie Leclerc, dit Sophie en lui montrant sa carte tricolore.

– Un problème ?

– Oh non, j'ai juste quelques questions à lui poser.

– Eh bien, c'est dommage, mais il n'est pas là. Il a pris l'avion pour Séoul ce matin. C'est moi qui tiens l'accueil jusqu'à son retour. Je peux peut-être vous aider ?

– Peut-être. Comment vous appelez-vous ?

– Sabaydi Vang Pao.

– Joli nom.

– Merci. J'aime beaucoup Sophie aussi, dit Sabaydi en la fixant de ses yeux noirs brillants, une petite fossette aguicheuse creusant le haut de ses joues.

Elle aspira bruyamment une gorgée de son espèce de milk-shake à l'étrange couleur rouge cerise et ajouta :

– La sagesse.

– Je vous demande pardon ?

– *Sophia*, en grec.

– Oh… oui, bien sûr.

Sophie sortit un bout de papier de sa poche et

demanda à la jeune Laotienne, en évitant comme elle pouvait le regard plus que suggestif :

– Dites-moi, Sabaydi, ce numéro de téléphone vous dit-il quelque chose ?

Sabaydi approcha sa main de celle de Sophie et l'effleura en prenant le bout de papier sur lequel figurait le numéro de l'appel sans message laissé sur le portable de Markale.

– C'est le numéro du dojo, pourquoi ?

– Il y a une cabine publique ici ?

– Non, juste un fixe, là, à l'accueil.

– Qui appelle depuis ce poste ? voulut savoir Sophie.

– Eh bien, nous sommes plusieurs à tenir l'accueil, mais il arrive que les adhérents passent eux aussi un coup de fil. Ils demandent la permission, bien sûr, mais c'est tout.

– Combien d'adhérents ?

– Je dirais une centaine.

– Des femmes ?

– Beaucoup, répondit Sabaydi d'une voix de gorge sensuelle à peine forcée.

– Je vois. Et, euh… est-cc que le club a connu des problèmes récemment ? enchaîna distraitement Sophie, franchement déstabilisée maintenant par le petit jeu de séduction de la jeune femme aux yeux noirs comme la nuit.

– Pas à ma connaissance, répondit-elle.

– Oh, et… euh… des blondes ?

– Comment ça, des blondes ?

– Est-ce qu'il y a des blondes parmi les adhérentes ?

Sabaydi prit le temps de réfléchir et répondit finalement, non sans hésitation :

– Je n'en vois qu'une.

– Qui vient souvent ?

– Oh, disons deux fois par semaine.

– Et elle a un nom ?

– Lisa.

– Lisa ? s'étonna Sophie.

– Oui, pourquoi ?

– Lisa comment ?

– J'oublie toujours, attendez voir.

Elle fit le tour de la réception, feuilleta les fiches cartonnées des adhérents et en tira une de la boîte.

– Voilà… Guéthary. Lisa Guéthary.

## CHAPITRE XXVIII

– Je n'en reviens pas, dit Sophie. Elle continue de venir s'entraîner au dojo sous son vrai nom comme si de rien n'était. Elle est quand même censée se trouver à l'autre bout du monde. C'est franchement hallucinant, non ?

– Je reconnais que t'avais raison, dit Gribovitch en sortant un sachet en plastique bleu du réfrigérateur, pour le déposer sur le plan de travail. L'affaire Clara Guéthary, c'est la clé de toute l'histoire. On sait maintenant que la sœur a décidé de jouer la vengeresse impitoyable. Reste à la localiser.

Sophie, assise à table dans la cuisine de leur copropriété, le regardait s'agiter pendant qu'elle ratissait du bout des doigts ses cheveux humides après la douche. Dehors, la nuit tombait lentement, tandis qu'en fond sonore, sur la FM, Sinatra chantait *Fly Me to the Moon*.

– Qu'est-ce que tu nous prépares ?

– Gambas.

– Quoi, encore ?

– Encore et toujours des gambas, c'est mon cri de guerre, déclama Gribovitch en remontant ses lunettes sur son grand nez.

– Ne me dis pas que tu nous les refais à la sauce piquante ?

– Mieux que ça : à la diable. Citron vert, gingembre frais, poivre vert et piment écrasé.

– Le mot « ulcère » te dit quelque chose ?

– Tu sais qu'on immunise déjà le lapin ?

– Ouais, bah, tant mieux pour le lapin. Mais moi, j'en ai déjà plein le râble des gambas. Je te connais, tu vas nous en servir jusqu'à Noël.

– Pourquoi pas ? C'est pas les recettes qui manquent : au barbecue, à la Tonkinoise, marinés, au curry, à la papaye, au thé vert, flambés au pastis, et j'en passe.

– Ouais, bah, j'espère que t'as prévu la salade de fruits au Maalox en dessert.

Elle se tricota les bouclettes du bout des doigts, avant de reprendre :

– Bon, laissons les lapins, et revenons-en à nos moutons. On sait maintenant que Sabine Bertin, la soi-disant meilleure amie de lycée de Clara, qui lui rend visite depuis plus d'un an, et Lisa Guéthary ne font qu'une.

– On le suppose, du moins, corrigea Alex,qui s'était procuré l'adresse de la dite Sabine à l'accueil de Sainte-Anne, mais n'avait trouvé personne de ce nom en se rendant sur place. Alors, première question : pourquoi changer de nom ?

– Évidemment pour pouvoir faire croire qu'elle se trouve au Mexique, et agir impunément ici, raisonna Sophie.

– D'accord. Deuxième question : qui est la fille que les Federales ont contrôlée à Mexico sous le nom de Lisa Guéthary ?

– Là, mystère, renonça Sophie.

– Quoi, aucune idée ?

– Tu crois vraiment que c'est important ? Il nous suffit de savoir que ce n'est pas Lisa, non ?

– Je ne suis pas de cet avis. Je dis qu'il faut creuser le passé de notre karatékate fantôme. Je suis certain que tout est là.

Il sortit une bouteille d'Entre-deux-mers du porte-bouteilles, la mit à refroidir dans un des bacs de congélation du frigo et demanda en se relevant :

– « Karatékate », c'est comme ça qu'on dit ?

– Une karatéka, non ?

– « J'suis Lenny Bar, le plus grand karatéka qu'la terre ait jamais chié », cita Alex en rigolant.

– Benoît Poelvoorde dans Narco.

– Je vois que tu connais tes classiques.

Il lui tendit un petit saladier rempli de gambas.

– Tiens, en attendant de trouver un dico, décortique-moi ça.

## CHAPITRE XXIX

Le Croate les aimait bien grasses, avec une peau bien soyeuse et un teint de lait, et surtout des gros seins et un gros cul. Dès qu'il l'avait vue arriver, il avait tout de suite trouvé que Véronique était faite pour lui.

– Ouais, ça le fait, y a pas à dire, avait-il grommelé, approbateur, en la regardant entrer avec sa copine, une petite blonde maigrichonne à l'air vicieux, tout son contraire, mais qui avait allumé des étincelles dans les yeux d'Alejo Garcia.

Dix minutes, un billet de cent et un « double » de Glenfiddich pour Véro de Bobigny, c'est tout ce qu'il avait fallu pour qu'il l'emmène dans la chambre. Sous les combles du Phénix, c'était un vrai sauna. Tandis qu'il lui travaillait le pont arrière en levrette, et qu'elle lui malaxait les noix par en dessous en soufflant comme un morse dans l'oreiller, il mettait en scène dans sa tête le braquage de vendredi. Il avait un putain de M16 à la place de la queue, et ça déchargeait à tout va. Il adorait baiser la veille d'un gros coup. Rien de tel que de braquer l'arrière-boutique d'une grosse chienne pour se mettre en train, c'était sa philosophie de braqueur au long cours.

À côté, il entendait l'Argentin gifler les cuisseaux et le petit cul de la gigolette blonde. Un élastique lui baguant le nœud et les couilles en dessinant un 8, Garcia la jouait jockey à Auteuil sur sa bête à chagrin qui gueulait comme une ânesse.

– Allez, chérie, une dernière ligne droite !

Dans la cuisine, devant une petite télé branchée sur TF1, Bachir Arif avait, lui, d'autres préoccupations, au premier rang desquelles respirer. Tout connement respirer, surmonter cette putain de crise d'asthme qui lui donnait tout, sauf l'envie de se faire écrémer. Entre deux râles asthmatiques, il s'envoyait tellement de bouffées de Ventoline qu'il en avait le palpitant qui résonnait comme une Comtoise. Les putes, c'était pas pour lui, ce soir.

– Putain d'asthme de merde ! jura-t-il pour lui-même et en vain, sous le regard indifférent du roublard Nikos Aliagas de la Star'Ac occupé à danser le sirtaki.

## CHAPITRE XXX

– Voilà, patron, vous savez tout, dit Gribovitch, en ligne avec Pierre Griffon, qui séquestrait et torturait depuis deux heures entre ses incisives un pauvre capuchon de stylo qui avait eu la malchance d'atterrir sur son bureau.

– Ouais, bah, vous lui devez une fière chandelle à votre marabout de l'OCRB, commenta le capitaine.

– Dites ça à Sophie. Pour ma part, je ne fréquente pas les voyants, surtout africains et amateurs de proverbes.

– Je mets quelqu'un du SCDC[1] sur le coup, continua Griffon sans relever. Vous aurez un dossier complet sur Lisa Guéthary au plus tard demain dans l'après-midi. Passez le prendre au bureau.

Tenant son portable de la main gauche,

1. Le Service Central de Documentation Criminelle.

Gribovitch alluma une Gitane blonde de l'autre.

– Dites, patron, vos *federales* à Mexico, c'est pas des foudres de guerre, on dirait.

– Est-ce que je sais comment ça se passe au Mexique, moi ! J'imagine qu'ils n'ont pas que ça à foutre de vérifier sérieusement l'identité d'une gamine étrangère. Vingt-deux millions d'habitants juste pour la capitale, Gribo, vous voyez le tableau ? Le type d'Interpol Mexique que j'ai eu en ligne m'a dit qu'ils avaient chaque jour à Mexico dix meurtres sur les bras.

– Dénichez-moi un billet, j'y fais un saut, dit Gribovitch.

– Ouais, c'est ça, avec escale à Cancún et Acapulco ?

– Tant qu'à faire. Et à part ça, la santé ?

– Faites pas chier, Gribo. Au boulot.

– Moi, ça va, je vous remercie. Alors, mes amitiés à votre maman, hein ?

– Raccrochez-moi ce bon Dieu de portable !

– Oui, ravi, moi aussi.

## CHAPITRE XXXI

– Qu'est-ce qui se passe, Catherine ? demanda d'un air inquiet le docteur « Ringo » Preu.

– J'ai essayé de vous joindre toute la journée, docteur, dit l'infirmière en ouvrant d'une main fébrile la porte de la chambre de Clara Guéthary, où celle-ci venait d'être réinstallée quelques heures plus tôt. Tenez, venez constater par vous-même.

« Ringo » entra derrière l'infirmière, fit le tour de la chaise roulante de Clara en se recoiffant rapidement du bout des doigts, et fixa d'un air étonné le visage de sa patiente.

– Qu'est-ce que vous en pensez, docteur ? voulut savoir l'infirmière.

– C'est peut-être neurologique. Un réflexe idio-musculaire, conjectura le médecin. Ou peut-être encore un début de paralysie de Bell, je ne sais pas.

Assise les yeux tournés vers la fenêtre d'où Guy Fournel avait fait une chute mortelle, Clara affichait un étrange sourire en coin, qu'on eût dit satisfait.

# CHAPITRE XXXII

Jolic Kosta descendit l'escalier en se grattant lentement les couilles, qu'il avait flasques et ratatinées comme des fruits secs, avant d'entrer dans la cuisine au son d'un jingle sirupeux de Radio Nostalgie façon Beatles disant : « *Music and Love, that's all we need.* »

Assises à la table de la cuisine déjà baignée de soleil, en soutifs et petites culottes, Véronique et sa copine Vanessa se beurraient de copieuses tartines briochées devant un grand bol de café noir.

Furieux, le Croate aboya :

– Ho, les filles, c'est pas le Club Med ici ! Vous m'avalez dare-dare vos tartoches de merde et vous foutez le camp, c'est compris ? Putain, c'est pas vrai de voir ça... je vais pisser, tiens.

En tournant les talons, il aperçut une Kalachnikov posée sur le plan de travail, à côté de la cafetière électrique.

– Qui c'est qu'a posé ça là ?

Les filles échangèrent un regard perplexe, avant de se remettre sans un mot à beurrer leurs tartines.

– Ça, c'est du Bachir ! raisonna tout seul le Croate. Y s'croit où, ce con ? Dans un stand de tir ?

Il entra dans les toilettes attenantes à la cuisine, où il se fit une vidange interminable.

Il y eut un silence. Puis, comme s'il venait de se souvenir de quelque chose, il appela d'une voix hésitante :

– Ho, Véro, c'est ça ? Viens voir un peu par ici… Laisse tes tartines, viens.

Véro s'exécuta à regret et le rejoignit. Il tenait ouverte la porte des toilettes et bandait déjà comme un taureau.

– Avant que tu partes… rends-moi un dernier petit service.

## CHAPITRE XXXIII

Rue de Lutèce, comme en bien d'autres endroits de la capitale écrasée sous la chaleur estivale, les bureaux étaient de vrais saunas. Karine avait déclenché son propre « plan canicule »; habillée d'une minijupe azur et d'un cache-cœur japonisant en voile de coton rose fluo si léger qu'il en était outrageusement transparent, elle faisait de la « résistance », comme elle disait, qui l'empêchait de céder à la tentation de venir travailler carrément en bikini.

– C'est mignon tout plein ce que tu portes, lui dit Sophie. Un poil trop transparent, peut-être.

– Si c'est tout ce qu'on voit, rigola Karine.

– Très drôle.

– Tiens, un coursier m'a laissé ça pour toi, reprit la réceptionniste en lui tendant une énorme enveloppe à bulles. Un beau brun moustachu, genre Tom Selleck.

– Quoi, Magnum ? Et tu ne l'as pas retenu ?

– Juste son numéro de téléphone, dit Karine.

Feignant l'air accablé, Sophie secoua la tête en lui prenant l'enveloppe des mains.

– Bon, c'est pas demain que j'irai à Hawaii, si j'ai bien compris, dit-elle.

– Ton horoscope, qu'est-ce qu'il en dit ?

– On est comme qui dirait fâchés, mon horoscope et moi. On s'ignore poliment, dit Sophie.

Elle ajouta en tournant les talons, l'enveloppe sous le bras :

– Si un beau brun moustachu me demande, je suis dans mon bureau

Un gratte-papier du Service Central de Documentation Criminelle nommé Désiré Mathieu avait constitué en moins de vingt-quatre heures un dossier incroyablement complet sur Lisa Guéthary. Du SITT à la DRI[1]., le bon Mathieu avait puisé à toutes les sources. Figuraient évidemment dans son dossier tous les articles de presse relatifs aux « convoyeurs violeurs » et à « La suppliciée du parking Bellon », ainsi que les transcriptions des interrogatoires de garde à vue

1. SITT : Service de l'Informatique et des Traces Technologiques créé en 2001. La DRI, Division des Relations Internationales, gère les outils de coopération internationale du type Interpol, Schengen ou Europol.

et la notification de mise en examen des cinq employés de La Fiduciaire.

Désiré Mathieu avait divisé son dossier en cinq parties, dont l'une, certes pas la moins intéressante, était très scolairement intitulée : « Éléments de biographie ». On y apprenait notamment que la jeune Lisa avait commencé le karaté à l'âge de huit ans et était aujourd'hui ceinture noire 2e dan, qu'elle avait eu une adolescence difficile marquée au sceau de la petite délinquance, une époque à laquelle elle avait par ailleurs voyagé en Espagne, en Grèce et en République Dominicaine, à chaque fois dans des camps pour ados. Elle avait passé un DEUG de L.E.A à l'Université Paris IV, et travaillé un temps comme rédactrice pour une grande collection de guides touristiques. Jusqu'à son départ pour Mexico un an plus tôt.

Sophie eut une moue admirative en découvrant la somme d'informations réunie. On était loin des pauvres petits renseignements qu'elle avait pu glaner de son côté après les révélations de Koffi Miango au *Kotoukou*.

Le bon, le très bon Désiré s'était même piqué de dégager quelques constantes dans la personnalité de la mystérieuse Lisa, parmi lesquelles la fidélité et l'amitié. Elle ne comptait, expliquait le consciencieux gratte-papier, qu'une seule amie véritable, qui l'avait suivie dans ses études et était devenue traductrice-interprète de l'espagnol, une dénommée…

Sophie chercha le nom sur la page suivante, et :

– Quoi ? s'exclama-t-elle à voix haute.

Elle se tint le front, comme prise de vertige soudain.

– Oh… Bon Dieu !

## CHAPITRE XXXIV

– Oui, puisque je te le dis : Valérie Baldi, brailla Sophie dans le combiné. La convoyeuse, bordel ! Calamity Lisa ! C'est pas dingue, ça ? Là, sous notre nez !

En ligne sur son portable et au volant de sa Mégane, Gribovitch cherchait à comprendre :

– Quoi, tu veux dire qu'elle a pris le nom de sa meilleure amie ?

– Et vice versa, aucun doute. Elles ont dû traficoter leurs papiers, je ne sais trop comment. Reste que c'est la copine qui se trouve en ce moment à Mexico, sous le nom de Lisa Guéthary. L'alibi parfait. Ou presque.

– Bordel !

– Tu l'as dit. Qu'est-ce qu'on fait ?

– Quelle heure est-il ?

– Onze heures moins le quart.

Gribovitch obliqua de la rue Cujas dans le

boulevard Saint-Michel et dit :

– Préviens le patron, et retrouve-moi directement au siège de La Fiduciaire dans… disons vingt minutes.

– Le plan, c'est quoi ?

– On se pointe et on la cueille en douceur ?

– Génial. Mais, dis-moi, comment tu cueilles « en douceur » une ceinture noire 2e dan de karaté qui porte un 38 Smith et Wesson à la ceinture ?

## CHAPITRE XXXV

– Aujourd'hui, pas de connerie. On fait gaffe à tout, dit Jean-Louis Marsan en enfilant son gilet pare-balles, comme le fourgon blindé quittait le parking du siège de la fiduciaire.

– Où ça se passe, exactement ? lui demanda Lisa, assise à l'arrière.

– On charge au siège de la Banque de France, rue Croix des Petits-Champs, dans le 1er, et on livre, en ce qui nous concerne, les bureaux de poste des Champs Élysées et Wagram.

– Beaucoup de liquidités ? voulut savoir Lisa.

– Pas autant que je peux en fournir, rigola Kéravel, mais sûrement un joli paquct quand même. Une veille de week-end de juillet. Ça va riboter chez les postiers, je vous le dis. Ceux-là, dès qu'il s'agit de fêter la Sainte-Flcmme.

– Tu peux pas arrêter de déconner une heure ? s'énerva Marsan à côté de lui.

*Une veille de week-end, ça me plaît assez pour t'emmener faire ta dernière escapade, espèce de pourriture*, songea Lisa.

Wagram, raisonna-t-elle, c'était parfait pour jouer la fille de l'air avec Kéravel. Elle pouvait redescendre sur le bois de Boulogne, ou même se perdre quelque part dans Levallois ou Neuilly. Oui, c'était décidé. Elle allait agir aujourd'hui. En finir… une bonne fois pour toutes.

Elle tira son 38 de son étui et vérifia tranquillement le chargeur. Kéravel la vit faire dans le rétroviseur intérieur et dit :

– Hé, on se calme, ma poule, hein ? On n'est pas encore rendu, d'accord ? Va pas blesser quelqu'un avec ça, hein ?

– T'inquiète, dit Lisa avec un sourire. Je ne tire pas pour « blesser ». Je suis *fatale*.

– T'entends ça, Jean-Louis ? Elle fait froid dans le dos, la petite, non ?

– Vous commencez à me courir avec vos conneries, fit Marsan en secouant la tête d'un air accablé.

## CHAPITRE XXXVI

Bachir Arif aspira une bouffée de Ventoline. Il était à peine midi, mais déjà il faisait une chaleur étouffante. Le Marocain, au volant de la fourgonnette Renault Express garée à hauteur du 34, rue Isidore Ducasse, avait le râle asthmatique sibilant et la concentration difficile.

Avoir l'esprit clair était pourtant aussi essentiel que le timing dans ce braquage qui était tout sauf improvisé. Le parcours du fourgon, ils le connaissaient : avenue Mac Mahon depuis l'Étoile, puis avenue Niel, avant d'obliquer sur la droite dans la rue Isidore Ducasse, à sens unique, pour rejoindre finalement – mais les convoyeurs n'arriveraient pas jusque-là – l'avenue de Wagram. Tout ce qu'il avait à faire maintenant, c'était attendre le signal du Croate, qui filait le fourgon, et de bloquer la rue en simulant une livraison.

Mais il était loin de se sentir à cent pour cent

de ses capacités sur ce coup-là. Son malaise venait pourtant moins de la chaleur que du fait que, cette nuit-là, il avait vu un hibou en rêve ; chez lui, à Khouribga, il n'y avait pas plus mauvais augure que cela.

Soudain, il entendit vrombir un moteur dans la rue et aperçut la Yamaha 900 de l'Argentin.

Pile à l'heure.

Alejo Garcia, casqué de noir, portait un étrange étui en cuir dans le dos, qui lui donnait fière allure sur son gros cube. Il se gara sur le trottoir, déclenchant les foudres d'une petite vieille qui passait avec son caddie en écossais.

Garcia, agréable comme à son habitude, laissa échapper un aimable :

– Va garer ta chiotte ailleurs, la vieille !

## CHAPITRE XXXVII

Le Croate, au volant de sa Clio faussement immatriculée garée à l'angle de la rue de Troyon et de l'avenue Mac Mahon, écoutait à fond sur la sono intégrée la blueswoman yougoslave Ana Popovic chanter *Don't Bear Down on Me*. Ce faisant, il tapait en rythme sur le levier de vitesse, moteur en marche, prêt à se glisser dans la circulation fluide de l'avenue dès qu'il verrait arriver le fourgon. À côté de lui, entre sa portière et son siège, un fusil d'assaut M16 attendait lui aussi de donner de la voix.

L'espace d'une minute, il repensa à la grosse Véro, la garce des prairies de Bobigny, qui l'avait turluté comme personne ce matin-là dans les toilettes. Une va-de-la-gueule comme il en avait rarement connu, et pas seulement côté gourmandise. Il l'entendait encore glapir, après qu'il lui ait déchargé toute la came au fond du bec : « Putain, j'ai même pas encore pu boire une gorgée de café qu'y faut que je m'tape du foutre ! »

Il vérifia distraitement la batterie de son portable, puis reporta son attention sur l'avenue. Sur sa gauche, un agent immobilier en chemisette à col Mao en soie beige en grillait une devant son agence. Il avait tout du roublard tchatcheur et bluffeur, songea Jolic Kosta d'un air écœuré. Tout ce qu'il détestait.

Il en était là de ses pensées quand il aperçut le fourgon de La Fiduciaire qui remontait l'avenue.

Il appela aussitôt Arif sur son portable, écouteur collé dans l'oreille. Le Marocain répondit à la première sonnerie.

– Le fourgon passe devant moi, l'avertit le Croate en se glissant dans la circulation. Je le suis… Tiens-toi prêt à bloquer la rue, mais surtout attends bien mon signal. Je ne veux personne d'autre derrière l'Express.

– Compris, dit Arif.

– Et Garcia ?

– Il est là.

– Tant mieux. Ça va déménager ! Allez, c'est jour de paie aujourd'hui.

– *Inch allah*, pria le Marocain.

## CHAPITRE XXXVIII

– Tout ce quartier, qu'est-ce que ça peut puer le fric ! s'exclama Hervé Kéravel en obliquant de la Place de l'Étoile dans l'avenue Mac Mahon. Les putes du coin en savent quelque chose. C'est bien connu : là où y a du pèze, on baise à l'aise.

– Quand c'est pas de cul que tu parles, c'est de fric, lui fit remarquer Jean-Louis Marsan, plus qu'à l'ordinaire sur le qui-vive tandis qu'ils roulaient vers leur destination.

Après le bureau des Champs-Élysées, les quatre sacs qu'ils convoyaient vers Wagram totalisaient encore deux millions d'euro en coupures diverses.

– Le fric et le cul : les deux mamelles de ma vie de con, mon vieux Jean-Louis, sans mauvais jeu de mots.

*Parce que tu t'en prives, peut-être, de faire des mauvais jeux de mots, ducon* ! enragea en silence

Lisa, toujours assise derrière, vêtue comme les autres du nouveau gilet pare-balles « classe 3 ». *Profites-en. Tu riras moins tout à l'heure, espèce de salopard.*

– Comment ça va, derrière? lança Kéravel en quittant, comme prévu sur cet itinéraire, l'avenue Niel pour s'engager dans la rue Isidore Ducasse.

– T'inquiète, et roule, lui répondit laconiquement Lisa.

– Ça, ça veut dire: m'emmerde pas avec tes conneries, traduisit de lui-même Kéravel en riant stupidement.

– Tu comprends vite, on dirait, lui renvoya sèchement Lisa, provocatrice maintenant.

– Hé, la broutteuse, réagit Kéravel, véxé, t'as choisi de faire un boulot de mec, alors la ramène pas quand un mec te parle comme à un mec, okay?

– Oh là, j'ai pas tout suivi. C'est du Coluche, c'est ça?

– Hé! Fermez-la, tous les deux, intervint Marsan.

Avant de lâcher, soudain agité, en tournant rapidement la tête vers Kéravel:

– Et merde! Là, devant. Le postier. Putain d'Express, j'aime pas être coincé… En sens unique en plus.

Changeant aussitôt d'expression, Kéravel jeta

un coup d'œil dans son rétroviseur extérieur, mais ne vit rien derrière en dehors d'une Clio qui vint lentement se coller à eux.

Portes arrières ouvertes, l'Express bloquait complètement la rue. Le postier, descendu de la fourgonnette, sortit lentement d'un amas de colis un grand paquet blanc.

– C'est ça, te presse surtout pas, râla Marsan. On a toute la…

Il s'interrompit brusquement en voyant dans son rétroviseur un grand type chauve armé d'un fusil d'assaut passer devant la Clio, prendre du recul et viser le fourgon.

Dans le même temps, le postier ouvrit son paquet et en sortit une kalachnikov, qu'il pointa en direction du pare-brise.

Un motard casqué s'était avancé lui aussi sur la droite, devant le fourgon, tenant à la main un pistolet-mitrailleur lourd de type Uzi.

– Merde, merde, merde, fut tout ce que réussit à dire Marsan en se couchant sur son siège, avant qu'un feu d'enfer ne se déchaîne autour du fourgon et qu'une balle perforante de calibre 7.63 ne lui traverse la gorge, l'empêchant d'émettre aucun autre son.

## CHAPITRE XXXIX

– Qu'est-ce qui se passe ? demanda Gribovitch

– Dispositif d'alerte à distance enclenché, répondit un des deux techniciens du « Central » de La Fiduciaire assis devant son pupitre de contrôle.

– Et le balisage GPS ? voulut savoir Armand de Lassalière, qui se tenait entre Alex et Sophie, son coude droit très chuchotement en appui dans la paume de sa main gauche.

– Le GPS est opérationnel, répondit l'autre technicien, un petit brun aux traits marqués et à la fine barbe noire. Mais la position du fourgon est fixe depuis plus de trois minutes.

– Attendez, qu'est-ce que vous êtes en train d'essayer de nous dire au juste, là ? Qu'ils se font braquer ? demanda Gribovitch, incrédule.

– Si c'est pas le cas, ça en a tout l'air, reconnut le premier technicien

– Quoi ?

– Pourvu qu'ils aient le temps de verrouiller automatiquement les coffres, se prit à espérer tout haut le frêle « Pujol » de Lassalière.

– Quoi ? Bon Dieu, j'y crois pas, se lamenta Alex. Un braquage, alors qu'on est là à attendre tranquillement que le fourgon rentre.

– Que voulais-tu qu'on fasse ? réagit Sophie. Qu'on prenne d'assaut le fourgon ?

– Il y en a que ça n'a pas l'air de gêner, apparemment.

– Qu'est-ce qu'on fait *maintenant* ? demanda Sophie.

– Que veux-tu qu'on fasse ? On fonce sur place !

## CHAPITRE XL

Dans la rue Isidore Ducasse, c'était Bagdad, ou n'importe quel terrain guerrier urbain actuel. Le bruit assourdissant et saccadé des fusils d'assaut M16 et kalachnikov résonnait comme la foudre dans la petite rue tranquille. Les rafales de 7.62 et 7.63, assez puissantes pour percer le blindage du fourgon, déchiraient l'air de leurs claquements stridents.

Couchés à l'intérieur de l'habitacle blindé, se protégeant la tête avec les mains, tandis que les balles perforantes trouaient le pare-brise et les meurtrières, constellaient la carlingue d'acier d'une grêle mortelle, Kéravel et Lisa attendaient, impuissants, que passe la tourmente, tressautant au rythme hystérique de la mitraille des trois braqueurs.

Le feu nourri dura moins d'une minute, mais il parut une éternité à Lisa. Sous le choc, elle n'avait même pas dégainé son 38, ni même pensé à enclencher aucun des deux systèmes de sécurité prévus : verrouillage automatique des coffres et neutralisation des billets par résine.

Soudain, un grand silence se fit, ponctué par une dernière rafale.

Marsan était criblé de balles sur son siège. Son visage déchiqueté n'était qu'une plaie.

Les vitres du pare-brise et des meurtrières avaient explosé, projetant partout des éclats.

– Les enfoirés ! Je pisse le sang, putain de merde !

C'était Kéravel qui enrageait, recroquevillé sous le volant, une partie du pare-brise feuilleté posé comme une galette en travers de la hanche. Plusieurs balles lui avaient perforé les jambes et le bras gauche.

D'une reptation du bassin, il réussit à se coucher sur le dos et à dégainer son 38. Du coin de l'œil, Lisa le vit vérifier son chargeur.

Le silence, dehors, était insupportable.

Soudain, des obturateurs placés sur les meurtrières assombrirent l'arrière de l'habitacle. Lisa comprit qu'ils étaient destinés à empêcher des tirs de riposte.

Puis le fourgon bougea imperceptiblement.

Au bruit, et parce qu'on leur avait enseigné les techniques de braquage à l'école de formation, elle comprit qu'un des malfaiteurs plaçait des cales sous les roues.

Mauvais signe, songea-t-elle. Neuf fois sur dix, c'était le prélude à la pose d'une charge explosive.

*Bon Dieu, quelle merde ! Je veux la peau de ce salopard avant de crever !*

Elle dégaina son Smith et Wesson, se redressa sur le côté et pointa le 38 vers Kéravel.

Mais ce dernier se redressa en même temps sur son siège, leva son propre 38 au-dessus de sa tête et vida sans réfléchir son chargeur à travers le pare-brise en direction de l'Express, devant le fourgon.

Une rafale d'Uzi répondit immédiatement à son tir, et Lisa se remit à plat ventre.

Bachir Arif regardait le Croate qui collait un pain de plastique sur la portière latérale du fourgon quand les coups de feu claquèrent dans le silence fragile de la rue.

Un court instant d'inattention, une fraction de seconde à fixer autre chose que le pare-brise du fourgon, et deux balles de 38 le transperçèrent à l'abdomen et au cœur.

Projeté en arrière, il lâcha sa kalachnikov et s'effondra au milieu des colis de la fourgonnette.

L'espace d'un instant, il vit se profiler devant ses yeux hagards son messager funeste, le hibou maléfique qui avait hanté son dernier cauchemar.

Il entendit un tir en mitraille.

L'Uzi de l'Argentin.

Et la mort le prit, en même temps que retentissait à ses oreilles l'écho d'une puissante déflagration, dont le souffle lui ferma les yeux.

Un souffle, c'est tout ce que sentit Lisa sur le moment, tandis que l'explosion ouvrait le fourgon comme une boîte de conserve.

Et une vive chaleur.

Elle eut à peine conscience du bruit, qui ne laissa dans ses oreilles qu'une sensation d'obturation oppressante, suivie d'une vive douleur.

Ensuite, le monde ne fut plus qu'un long, puissant, insupportable sifflement.

Et un ballet d'ombres menaçantes.

*Kéravel... Kéravel... Kéravel...*

C'est tout ce qu'elle parvenait à se répéter, à la façon d'un mantra, sans parvenir à bouger ses jambes meurtries par d'innombrables éclats de métal.

*Kéravel... Kéravel...*

## CHAPITRE XLI

Au volant de la Mégane, alternant coups de Klaxon et appels de phares, Alex réussit à tracer une trajectoire presque parfaite le long du boulevard de l'Amiral Bruix jusqu'à la Porte Maillot. Là, il contourna la place et s'engagea dans le boulevard Pereire. Il venait d'obliquer dans l'avenue des Ternes quand son téléphone portable sonna. Sophie prit l'appel pour lui.

– Un texto, dit-elle. Du Marabout.

– Quoi ?

– T'as bien entendu, sourit Sophie.

– Qu'est-ce que ça dit ? demanda Gribovitch en doublant un camion de livraison qui se traînait place Tristan Bernard.

– « Le putois ne sent pas l'odeur de ses aisselles – Le Marabout ».

– Le con, c'est pas vrai ! Comme si j'avais que ça à foutre de méditer sur ses conneries africaines !

– Moi, je trouve que le message s'éclaircit, dit Sophie.

– Ah ouais ? Bah, pas moi.

– La noix de coco, le putois. Il te trouve…comment dire ?… prétentieux. Qui sait, peut-être même arrogant, vaniteux…

– Ho, ho ! T'en profites pour me faire passer un message, là, ou quoi ?

Au même instant, le portable sonna à nouveau.

– Si c'est lui, tu me le passes, dit Alex, dont la conduite nerveuse était maintenant au diapason de son humeur massacrante.

C'était Griffon.

– Patron ? dit Sophie.

– Lassalière m'a prévenu que vous étiez en route vers le lieu du braquage. À mon tour de vous prévenir que l'OCRB est sur le coup.

– Le Marabout ?

– Lui et la BRB en général.

– Les gars devraient être journalistes, commenta Sophie. Dans le genre scoop en direct.

– Un de leurs indics, une pute de Bobigny qui se trouvait ce matin encore avec les braqueurs, leur a balancé des infos, expliqua le capitaine.

– Du genre ?

– Du genre qui leur a permis de faire une descente dans un pavillon du nord de la ville en fin de matinée. Et là, bingo ! Tout un arsenal et même le plan du braquage.

– Trop tard, manifestement, commenta Sophie en fixant Alex qui slalommait dans la circulation en serrant les dents.

– Vous connaissez le dicton… Bref, ils mettent en place en ce moment même des barrages aux portes de Paris.

– Dans ce cas, on leur laisse les braqueurs en fuite, dit Sophie, et on fonce quand même sur la position GPS, rue Ducasse.

– Je veux cette fille hors d'état de nuire, prévint Griffon. J'espère seulement qu'il n'est pas trop tard pour Kéravel.

– C'est ce qu'on va bientôt savoir.

## CHAPITRE XLII

Malgré les circonstances, les quatre passagers – parmi lesquels Koffi Miango – et le conducteur de la 306 banalisée bleu-marine qui filait le long des Maréchaux pour rejoindre un des barrages dressés au nord de la capitale se gondolaient comme des bossus.

– Rien, que je vous dis ! Pas un kopeck. L'indic rêvée ! s'esclaffa Éric Billet, un ancien de la BAC recruté par la BRB surtout pour son humour et sa moustache, disaient les rigolards de la brigade. Vous savez ce qu'elle a invoqué comme raison ?

– Non, mais tu vas nous le dire ? fit un collègue derrière.

– « J'ai jamais aimé sucer avant au moins dix heures du matin, encore moins l'estomac vide ».

– Ah, Véro… une poétesse qui sait parler de son art !

## CHAPITRE XLIII

Une Clio, une fourgonnette et une moto incendiées, un fourgon fumant, des vitrines dévastées, des centaines d'impacts de balles sur les façades des immeubles et des milliers d'éclats de verre et d'acier sur les trottoirs… La rue Isidore Ducasse, d'ordinaire si tranquille, ressemblait sur une vingtaine de mètres au théâtre d'une guérilla urbaine sans merci, à une poche de résistance nettoyée à la grenade à fragmentation et au lance-roquettes.

Quand Alex et Sophie arrivèrent sur les lieux, les braqueurs avaient depuis longtemps pris la fuite, et pourtant des coups de feu continuaient de retentir dans la rue.

Gribovitch gara la Mégane à hauteur du numéro 8, derrière un 4 x 4 Mitsubishi qui bloquait la voie. Accroupis derrière le 4 x 4, un couple d'Américains attendait manifestement que cesse la fusillade pour pouvoir s'enfuir sans prendre le risque de récolter une balle perdue.

– *God, look at her... holy fuck!* [1] s'exclama le conducteur du 4 x 4, une main à plat sur sa casquette de base-ball sérigraphiée « NY », le célèbre logo des Yankees.

« Her », c'était Lisa, qui avançait en traînant la jambe au milieu de la rue, tenant son 38 à deux mains tendues et tirant en direction d'une Honda Civic garée une dizaine de mètres plus loin, derrière la Clio en flammes. Ses vêtements étaient en lambeaux, du sang lui coulait des oreilles et sa jambe gauche sanguinolente n'était plus qu'une plaie.

Derrière la Civic, Kéravel hurlait :

– T'es cinglée ou quoi ? Merde, arrête ça ! Je regrette ce que j'ai pu te dire, ça te va comme ça ?

Gribovitch et Sophie sortirent leur 38 et descendirent de voiture en se protégeant derrière les portières de la Mégane, les yeux rivés sur la jeune femme.

– Et pour ma sœur, espèce de fils de pute de violeur, t'as des regrets aussi ?

– Ta sœur ? Qu'est-ce que tu me chantes ?

– Oh, t'as encore rien compris, hein ?

– Quoi, mais... ?

1 Bon Dieu, regarde-la... putain de merde !

Kéravel avait l'impression d'entendre grincer les rouages de son cerveau. La sœur de Clara Guéthary ? C'était une adolescente à l'époque. L'espace d'un instant, se tenant la tête dans les mains, il revit sa photo publiée dans la presse. Une quinzaine d'années, blonde, boulotte, rien à voir avec la femme d'aujourd'hui... Et pourtant, cela ne pouvait être qu'elle, et elle avait déjà tué quatre hommes. Elle voulait maintenant sa peau, à lui aussi.

– Bordel ! lâcha-t-il, entre colère et désespoir.

En essayant de lui échapper dans le fourgon, il avait dû abandonner son 38 déchargé. Incapable de se lever maintenant, réduit à ramper, les jambes et le bras gauche en sang, il comprit qu'il était déjà mort.

Lisa continuait d'avancer, ou plutôt de tituber, au milieu des flammes et des fumées, plissant les yeux pour y voir clair.

– Lisa ! Lisa, c'est le lieutenant Gribovitch ! cria Alex, toujours à l'abri derrière sa portière.

Un coup de feu partit aussitôt dans sa direction. La balle ricocha contre une voiture et fit voler en éclat le pare-brise du 4 x 4.

Paniqué, les Américains se couchèrent à plat ventre ; Sophie les entendit prier le Seigneur.

– Au secours ! Au secours ! se mit à hurler Kéravel, puisant dans ses dernières forces pour appeler à l'aide.

– Lisa, ne faites pas ça ! cria Sophie. Ne nous obligez pas à tirer ! Je vous en prie.

Mais la jeune femme répondit par un nouveau coup de feu, et une balle perdue siffla au-dessus de la Mégane.

– Bordel, qu'est-ce qu'on fait ? dit Sophie.

– Qu'est-ce que tu veux faire ? À part rejoindre Kéravel pour essayer de le sortir de là, ou carrément flinguer cette fille, je vois pas.

Les voitures en stationnement se trouvaient toutes le long du trottoir de gauche, dont la Civic derrière laquelle s'était réfugié Kéravel.

– Je choisis la première option, décida rapidement Alex. Couvre-moi en attirant son attention sur la droite. Je vais ramper le long du trottoir jusqu'à Kéravel.

– Fais attention à toi.

Plus loin, Lisa avançait à la façon d'un boxeur groggy, continuant de tirer sur la Civic en hurlant :

– Kéravel ! Sors de là, espèce de pourriture !

– Lisa, arrêtez !

Tenant son 38 à deux mains, Sophie, qui avait passé les bras à travers la vitre ouverte de sa portière, avait maintenant la jeune femme dans sa ligne de mire. Elle n'allait plus pouvoir retarder longtemps le moment de faire feu.

– Foutez-moi le camp ! s'époumona Lisa. Je veux la peau de ce fils de pute !

Alex avait commencé à ramper le long du trottoir de gauche. Kéravel, adossé à la Civic, n'était qu'à une quinzaine de mètres devant lui, et le fixait d'un regard implorant.

À l'entrée de la rue, des sirènes de police et d'ambulance hurlaient.

Alex fit signe au convoyeur de se coucher à plat ventre. Kéravel s'exécuta aussitôt en grimaçant de douleur.

De son côté, Sophie continuait d'essayer la jeune femme.

– Lisa, il y a déjà eu trop de victimes. Posez votre arme. Posez-la !

– Ce salopard sera tout sauf une victime, marmonna Lisa en arrivant maintenant à hauteur du coffre de la Civic. Ce sera juste un cadavre.

Kéravel, les mains sur la tête, priait le ciel de l'épargner.

Au même instant, Alex, qui s'était accroupi pour faire le tour de la voiture par l'avant, bondit derrière la jeune femme et la ceintura d'une main, soulevant de l'autre le bras qui tenait le Smith et Wesson.

Un coup de feu partit en l'air ; mais, à bout de forces, Lisa ne put offrir de résistance.

Sophie accourut aussitôt, et aida Gribovitch à

menotter la jeune femme, avant de se tourner vers les secours à l'entrée de la rue et de réclamer à grands cris une ambulance.

## CHAPITRE XLIV

La Yamaha 900 de l'Argentin aurait dû ouvrir la voie à la S8 avec son passager armé, le Marocain ; mais puisque Bachir Arif avait passé l'arme à gauche et ne tirerait plus de sitôt, Alejo Garcia n'avait eu d'autres choix que de monter à bord de la S8 après avoir incendié les autres véhicules.

L'Audi noire, sirène deux tons et gyrophare en marche sur le toit, filait maintenant dans l'avenue des Ternes avec les sacs estampillés Banque de France sur sa banquette arrière. Garcia, sa vitre de portière descendue, tenait son pistolet-mitrailleur à l'extérieur, prêt à faire feu. À l'angle du boulevard Pereire, le Croate fit une brusque embardée pour éviter un bus qui arrivait sur sa gauche, mais ne put s'écarter à temps d'un monospace qui se rebattait sur sa droite. La S8 accusa le choc, mais continua sa course folle dans les rues du XVIIe arrondissement.

Dans la voiture, les deux truands disposaient d'un véritable arsenal. À portée de main du Croate, l'accoudoir central était farci de trois grenades à fragmentation de fabrication russe, et il y avait dans le coffre plusieurs kalachnikovs et un lance-roquettes.

Les deux hommes n'échangeaient pas un mot, uniquement concentrés sur ce qu'ils avaient à faire. Seul l'Argentin signalait par instant un danger : « Camion à droite », « moto à gauche », « rouge »...

À l'angle du boulevard Gouvion-Saint-Cyr, la circulation se fit soudain anormalement dégagée, et le Croate ralentit en coupant le deux tons.

Le silence parut soudain impressionnant.

Un barrage avait été dressé Porte des Ternes, bloquant toute issue derrière le boulevard Pershing. Le Croate voulut faire marche arrière, mais le boulevard Gouvion-Saint-Cyr se referma également derrière eux.

– On est coincés, dit Alejo Garcia, sa tête pivotant comme celle d'une marionnette.

– Putain de flicards ! enragea Jolic Kosta en tapant sur son volant et en faisant rugir le moteur surgonflé de l'Audi.

– On a été balancés, je vois que ça.

– Balancés ? Par qui, bordel ?

– Sûrement une des deux tapins d'hier.

– Les sales petites putes !

– Qu'est-ce qu'on fout ?

– Qu'est-ce que tu veux foutre ? On force ce barrage au lance-roquettes et on fout le camp d'ici !

Tout autour de la Porte des Ternes, des dizaines de voitures de police formaient un cordon en apparence infranchissable. À croire que tous les flicards de toutes les brigades de Paris s'étaient donné le mot.

Le Croate jeta un coup d'œil aux sacs derrière, avant de croiser le regard de l'Argentin.

Ce dernier descendit rapidement de voiture et, sans essuyer un seul tir, incrédule lui-même, récupéra le lance-roquettes RPG7 dans le coffre. Il revint aussitôt à sa place et, par la vitre ouverte de sa portière, sortit la tête, les bras et le RPG7, qu'il pointa en direction du barrage.

– Si ça se passe mal, dit-il au Croate… au plaisir.

Jolic Kosta lui donna un petit coup-de-poing affectueux sur la cuisse.

Et il écrasa au plancher la pédale d'accélérateur.

## CHAPITRE XLV

En position – peut-être la plus incongrue de toute sa carrière – sur le toit de l'église Notre-Dame de la Compassion, dominant la Porte des Ternes, le tireur d'élite du RAID attendait un signal dans son oreillette. En tenue de camouflage urbain khaki, il était équipé d'un fusil MP5 A5 doté d'un laser visible, d'une précision fatale. Pour l'heure, toute son attention était accaparée par l'habitacle d'une Audi abritant deux hommes lourdement armés, dont les heures semblaient comptées.

– Sniper 1 à commandement. Cible armée en ligne de mire. En attente du signal, annonça-t-il dans son micro.

– Commandement à Sniper 1. Éliminez la cible. Je répète : éliminez la cible.

– Bien reçu, dit Sniper 1.

## CHAPITRE XLVI

Telle une panthère noire en furie, l'Audi donna l'impression de bondir en direction du barrage.

Moteur hurlant, le bolide entama une trajectoire rectiligne à travers la place du Général Koening, fonçant vers l'avenue de la Porte des Ternes.

Le Croate, les mains crispées sur le volant, se répandait en imprécations rageuses dans sa langue natale.

Alejo Garcia, catogan au vent, sortit tout le haut du corps à travers la portière et cala le RPG7 sur son épaule.

Ce fut son dernier geste.

Une balle lui traversa le crâne de part en part.

Il tomba en avant et fut éjecté de la voiture par son propre poids… déclenchant du même coup le départ de la roquette.

Elle fila droit vers le Palais des Congrès.

Un camion de livraison fort heureusement garé devant l'arrêta, mais fut littéralement désintégré par l'explosion.

Le Croate, pied au plancher, maintenant sa trajectoire en tenant le volant avec le dessus de ses cuisses, dégoupilla une à une les trois grenades à fragmentation.

Et recommanda son âme à Dieu.

## CHAPITRE XLVII

Sniper 1 était sur le point d'expédier le Croate dans l'autre monde lorsque la vue s'obscurcit dans sa lunette de visée.

L'Audi venait d'exploser, les grenades produisant une formidable détonation, qui monta au ciel en même temps que la prière du Croate.

Si Dieu ne l'avait pas entendue, c'est qu'il était sourd.

# ÉPILOGUE

*Trois mois plus tard*

– Qu'est-ce que tu nous a préparés ? demanda distraitement Sophie, occupée à zapper sur la télé de Gribovitch depuis peu reliée au Câble.

En quelques minutes, elle était passée de « L'homme qui dévora son amant », un documentaire sur Armin Meiwes, un homosexuel qui mutila son compagnon, le tua et le mangea, au 2e jour de l'US Open à Flushing Meadows, en passant par un reportage sur l'île d'Yeu ou le début de *Coiffeur pour Dames*, dans lequel l'hilarant Fernandel campe un ancien tondeur de moutons devenu coiffeur à Paris. La magie du satellite…

– Gambas à la grecque, répondit Gribovitch. Avec des miettes de crabe et du madère, le tout à la cocotte, dans un fond de Viandox, de tomates et d'ail.

– Je l'aurais parié. Ça faisait quoi… trois semaines qu'on n'en avait plus mangées ?

– À la grecque ? J'en ai jamais fait, se justifia Alex en rajustant ses lunettes sur son grand nez.

– Oh, c'est vrai, ça change tout.

Dehors, il faisait nuit noire et il pleuvait des cordes. D'après la Chaîne Météo, c'était le mois de septembre le plus pluvieux qu'avait connu la France depuis 1926. Le genre d'info qui vous fait bénir les dieux de vivre à l'Ère de la communication, du tout technologique et culturel.

– Allez, lâche ta zapette et viens manger, l'invita Gribovitch en la précédant vers leur cuisine commune.

Il avait pris la peine de dresser la table. Nappe bleue et blanche, bougies marines, bouteille d'ouzo et sirtaki en fond musical.

– Ouah, c'est les vacances ! commenta Sophie d'un air ébahi en entrant dans la cuisine. En quel honneur, tout ça ?

– Le nôtre, pardi ! C'est pas parce qu'on vit comme deux vieux célibataires ici qu'il ne faut pas en profiter. La vie est une fête, non ? Aujourd'hui la Grèce, demain l'Espagne, après-demain… l'Alaska. Je suis un cuisinier imprévisible, un aventurier des saveurs.

– Tu fais ton Gribovitch, en somme ? Qui sait, l'expression passera peut-être dans le langage courant ?

– Quoi, « faire son Gribovitch » ?

– Pourquoi pas ?

– Tant qu'à passer à la postérité, j'aimerais mieux que ce soit pour mon physique avantageux. Pas pour avoir avalé une noix de coco, ni puer comme un putois, si tu vois ce que je veux dire, fit-il en éteignant dans un petit cendrier sa énième Gitane blonde de la journée.

– Tiens, au fait, tu as su pour Kéravel, le convoyeur ? lui demanda Sophie en prenant place à table.

– Ouais, Griffon m'a raconté ça ce matin. Ça veut dire qu'il y a une justice. Que ce salopard ait pu passer pour un héros aux yeux de la presse en flinguant ce braqueur m'était resté en travers de la gorge.

– Quand même, drôle de fin, non ?

– Du sur-mesure pour un érotomane de son espèce. Faut croire que ses blessures avaient laissé des séquelles invisibles.

– Une overdose de Viagra, c'est possible, ça ?

– D'après le patron, la pute qu'il a payée l'autre soir a dit qu'il avait avalé un tas de trucs, *dont* du Viagra, précisa Alex en ouvrant la bouteille d'Ouzo.

– C'est pas de cul, comme on dit.

Gribovitch transvida le contenu de la cocotte dans un grand plat avec du riz blanc et apporta le tout.

– Et voilà, dit-il en déposant le plat fumant au milieu de la table. Bon Dieu, je m'en ferais péter la sous-ventrière de ces conneries-là !

– Tu sais que le propre du suicide, c'est d'être personnel ? lui fit remarquer Sophie. Mais t'es plutôt du genre gourou, hein ? À entraîner le populo dans tes frasques !

– Mange et tais-toi.

– C'est vrai que ça sent bon.

– Raison de plus.

Sophie se tut et goûta religieusement les gambas, avant de rendre son verdict.

– T'es un chef, Gribo, approuva-t-elle. C'est bon, je t'abandonne la cuisine.

– Ouais, bah, ne rêve pas trop. Je vais pas jouer les Robuchon tous les jours.

– Dommage.

Elle avala une gorgée d'ouzo et grimaça.

– Un peu raide… Au fait, en reparlant de La Fiduciaire, reprit-elle, j'ai appris hier que la copine de Lisa Guéthary, Valérie Baldi, la vraie, venait d'être extradée du Mexique vers la France. D'après l'avocat à qui j'ai parlé, elle risque trente ans pour complicité de meurtre.

– C'est ce qui s'appelle une amitié chère payée.

– En ce concerne Lisa elle-même, il n'est pas sûr, d'après lui, qu'elle bénéficie de circonstances atténuantes. Tous ses actes ont été trop prémédités.

– Ouais, c'est tragique, tout ça. J'espère quand même que le jury sera clément, dit Gribovitch.

– Enfin, cette affaire aura eu au moins du bon : j'ai rancard demain, dit Sophie.

– Quoi ? Et comment s'appelle l'heureux soupirant ?

– *Elle* soupirerait plutôt. Et son nom est un vrai poème : Sabaydi Vang Pao.

– Qu-quoi ? fit Alex, sa fourchette en suspens à quelques centimètres de sa bouche. Ta karatékate ?

– Karatéka. Je pratique depuis une semaine. Elle m'a convaincue de m'inscrire au dojo.

– Ouais, bah, elle a sûrement pas en tête le même genre de galipettes que toi.

– C'est ça qui est drôle.

– Ne me dis pas que tu vas travailler de la bottine ? Pas toi ?

– Je te dirai ça demain. On a seulement prévu de se faire une toile, pour le moment.

Elle lui désigna sa fourchette d'un mouvement du menton.

– Mange, ça va refroidir.

– C'est toi qui m'a refroidi.

Il avala sa bouchée.

– Et en même temps, je dois dire que ça

m'émoustille pas mal de t'imaginer dans les bras d'une fille.

– Je l'aurais parié.

– Je suis sincère.

– Pervers.

– C'est mon deuxième prénom, dit Gribovitch.

*Achevé d'imprimer sur les presses de*

**BUSSIÈRE**

GROUPE CPI

*à Saint-Amand-Montrond (Cher)*
*en octobre 2005*



VAUVENARGUES - 14, rue Léonce Reynaud - 75116 Paris
Tél. : 01-40-70-95-57

— N° d'imp. 52544. —
Dépôt légal : octobre 2005.

*Imprimé en France*